홍성남의
배꼽잡고 천국가기

홍성남의

배꼽잡고 천국가기

솔과
학

종교계 정화에 작은 도움 하나, 배꼽잡고 찾아보자

근래 종교로 인한 범죄들이 늘어나고 있습니다.

사이비 종교인들이
선량한 사람들을
심리적 노예로 만드는 일들이
비일비재하게 벌어지고 있습니다.

그래서,

건강한 신앙은 어떤 것인지
글을 올려봅니다.
종교계의 문제는 종교인들이 잘 알기에

또한

종교계의 문제는 종교인들이 책임져야 하기에,

졸필이지만
종교계 정화에 작은 도움이라도
되길 바라며

책 하나 내봅니다.

　나는 오랫동안 영성의 본질을 찾아다녔고, 웃음이 종교의 영성과 아주 깊은 연관성을 갖는다는 것을 깨달았다. 또한 웃음은 심리적, 신체적 건강에도 깊은 영향을 미친다. 영성과 건강 모두에 영향을 주는 '웃음'이지만, 어느새 보이는 웃음, 형식적인 웃음, 가면 속 웃음들이 많아졌다. 즉, 웃음에도 여러 가지가 있다. 이제는 잠깐의 순간이라도 진정한 웃음, 더 큰 웃음을 함께 배워가고 웃고 싶은 마음을 담아본다.

　배꼽잡고 천국가기!

먼저, 그것은 종교계에 가하는 일침이자, 누군가는 반드시 해야 하는 일들이다. 신앙이 무엇인지, 그것을 전하는 자와 받아들이는 자는 어때야 하는지에 대해 생각해 봤다.

그리고 배꼽잡고 한참을 웃고 나면 무엇이 문제였는지 까먹을 수도 있다. 하지만 그 뒤끝은 행복하고 그 순간을 되새기며 다시 웃게 만든다. 사람들이 이 글을 통해 그냥 웃기를 바란다. 그리고 하염없이 마음에 남아 다음에도 그 다음 날에도 되새기며 웃을 수 있기를 바란다.

나는 짧지만 강력하고 머리에 확 박히게 얘기하는 걸 좋아한다. 그리고 은유의 힘을 믿는다. 그래서 책의 구성도 일단 배꼽잡고 시작한다. 배꼽잡고 사람 배우기, 배꼽잡고 세상 바꾸기, 배꼽잡고 행복 만들기, 배꼽잡고 믿음 키우기에 도전했다. 이 책이 사람들에게 이런 만남이기를 바란다.

"만남은 기쁨이다. 시간은 생명이다."

2023년 4월

홍 성 남

- 차례 -

I
배꼽잡고 사람 배우기

II
배꼽잡고 세상 바꾸기

III
배꼽잡고 행복 만들기

IV
배꼽잡고 믿음 키우기

I

배꼽잡고 사람 배우기

제정신이란?

어른들이 자식을 야단칠 때 '정신 차려. 이것아!'라고 할 때가 있다.

판단이 흐려져서 잘못된 선택을 하였다고 생각될 때 사용하는 말이다. 그런데 심리학에서는 반대로 이야기한다. 제정신일 때가 불행하다 한다.

결혼 전 연애할 때 자기정신이 어떠하였는가 돌아보자. 다른 사람들이 '너 왜 그래. 제정신이야?' 할 때 '그래 나 미쳤다. 그래도 나 저 사람밖에 없어.'라고 소리친다. 약간 맛이 갔다는 것이다. 그러다 몇 개월 지나서야 '내가 그때 미쳤나봐.' 한다.

어쨌건 사람은 약간 맛이 갔을 때 행복하다. 눈이 약간 침침할 때 세상이 아름다워 보이듯이 약간 맛이 갔을 때 행복하다. 심리학자 프로이드는 인간이 정상이라고 할 때가 사실은 약간 비정상적인 상태라고 말한다.

'a little psychotic'

우리는 약간 맛이 간 상태를 콩까풀이 씌운 상태라고 말하기도 한다. 그렇다면 콩까풀이 씌운채로 살려면 어떻게 해야 하는가? 상대방의 장점, 세상의 좋은 면만 보면 된다. 우리의 눈이 밝아져서 단점을 보는 순간 우리 마음은 바로 불행의 나락으로 굴러 떨어지기 때문이다.

마음의 행불행은 내가 무엇을 어떻게 보느냐에 달려 있다.

혼배성사한지 이십 년이 넘은 부부들이

모여서 카드게임을 하였다.

카드에 써 있는 것을 배우자에게 묻고 답을 듣는 게임.

한 남편이 카드 한 장을 뽑아 드니 천생연분이라고 써 있었다.

남편이 아내에게 물었다.

'우리가 어떤 사이지?'

아내는 '안 보면 보고 싶은 사이'라고 하였다.

사방에서 우우하면서 부러워하였다.

'그걸 네 글자로 하면?'

'원앙부부'

아직 콩까풀이 벗겨지지 않은 부부였다.

그 모습을 본 다른 남편이 물었다.

'우리 사이가 어떤 사이지?'

아내는 즉시 '웬수지간'이라고 하였다.

당황한 남편 '아니 우리 둘이 어떤 사이냐고?'

'철천지 웬수'

'아, 네 글자야 네 글자.'

'평생원수'

그 후로 남편은 삐져서 밖으로 돌고 있단다.

세상은 그냥 그대로이다.
내가 그 세상을 어떤 눈으로 보는가가 가장 중요하다.

부활이란

　부부가 이스라엘 성지순례를 갔다. 여기저기를 둘러보던 중 갑자기 남편이 쓰러졌다. 심장마비. 손을 쓸 새도 없이 죽어버린 남편. 병원에서 부인은 남편의 시신을 어떻게 해야 할지 결정을 해야 했다. 이스라엘에서 장례를 치르면 비교적 저렴한 비용으로 할 수 있고 한국에서 하게 되면 상당한 비용을 치러야만 하였다. 주위 사람들은 장례비용이 너무 비싸서 부담될 터이니 한국에서 하지 말고 이스라엘에서 하는 것이 어떠냐고 하였다.

　그러나 부인은 아무리 비싸도 한국에서 하겠다고 고집을 부렸다. 한국에서 치른 장례미사 후 신자들은 부인의 덕을 칭찬하였다. 남편이 이국땅에 묻히면 죽어서도 편히 쉬지 못할까봐 비싼 비용으로 한국까지 시신을 모셔온 부인의 마음을 칭송하기 바빴다.

그런데 아주 친한 친구가 부인을 위로하느라 술 한 잔 권하며
물었다.

"내가 알기로 니네 부부는 사이가 별로 안 좋은 걸로 아는데 어
떻게 그런 배려를 하였니?"

그러자 부인이 말하길.
'너만 알고 있어. 사실은 나도 비용 때문에 이스라엘서 하려고
했는데 이스라엘 공동묘지에서는 부활사건이 자주 일어난다고 해
서 한국으로 온 거야.' 하더란다.

부활

죽은 사람의 몸이 다시 살아난다는 부활.

부활에 대한 기대감은 아주 오래전부터 인류의 꿈이었다.
죽은 사람이 다시 살아난다는 것은 인간의 힘으로 이룰 수 없는
신의 영역에서나 가능한 일이기에 사이비 교주들 중에서는 자신
이 부활할 능력자임을 주장하면서 사기 치는 자들까지 생길 정
도이다. 그러나 우리가 간과하기 쉬운 것은 다시 살아나는 것이
중요한 것이 아니라 내가 다시 살아나길 바라는 사람이 과연 몇
사람이나 될까 하는 것이 더 중요하다.

부활의 관점에서 사람들을 분류하기도 한다.

1. 모든 사람이 그가 부활하길 기도하는 사람.
   가장 행복한 사람이다.
2. 다시 살아날까 봐 무덤에 소금을 뿌리고 마늘을 심고 십자가
   를 박아놓는 등 사람들의 미움의 대상인 사람.
   최악의 인생이다.

내세

어떤 신부가 기도생활은 하지 않고 노상 화투만 치다가 돈을 잃자 심장마비로 죽었다. 신자들은 그렇게 죽은 신부의 넋을 달래주려고 관 속에 성경책 대신 화투를 넣어주었다. 그래서 죽은 신부는 할 수 없이 손에 성경, 묵주 없이 화투장만 들고 주님대전에 가게 되었는데, 그 모습을 본 하느님께서 너는 기도는 안 하고 화투만 쳤으니 지옥에 가야 마땅하지만, 그래도 신자들과 놀았기에 그것도 사목으로 인정하여 어떤 지옥으로 갈지 선택권은 주겠다 하셨다.

그래서 신부는 지옥 여기저기를 둘러보게 되었는데 거의 다 끔찍해 보여서 선뜻 어디라고 말을 못 하고 망설이고 있었다. 그런데 어디선가 '신부님!'하고 부르는 소리가 들려왔다. 얼핏 보니 진흙탕 같은 곳 안에 자기와 오랫동안 화투를 쳤던 신자들이 들어가 앉아서 목만 내놓고 신부를 향해서 뭐라고 말을 하는 것이었다.

신부는 반가운 마음에 옷을 훌러덩 벗고,
'주님, 나는 저기로 갈라요, 그래도 아는 사람 있는 데가 낫겠
지요.' 하고는 진흙탕 속으로 들어갔다.

그런데 반길 줄 알았던 신자들이,
'아, 신부님 여기 오지 말라고 우리가 소리쳤는데 왜 오셨어요.'
한다.
'응, 왜?'
그때 어디선가 저승사자가 오더니 '십분 간 휴식 끝. 일 년간 잠
수.' 하고 소리친다. 어찌 되었건 그 신부는 가져간 화투로 진흙지
옥 안에서 지금도 화투를 치고 있단다.

내세! 참 어려운 주제이다

철딱서니 없는 종교인들은 너무나 쉽게 천당 지옥을 말한다.
그러나 어떤 사람이 어디로 갈 것인지 단언하기 어렵다.
왜냐하면 인생 자체가 불공평하기 때문이다.
우선 사람이 사는 기간이 다 다르다.
어떤 사람은 장수하지만 어떤 사람은 단명한다.
두 번째 불공평은 인생 과정의 불공평이다.
어떤 사람은 부모 잘 만나서 순탄한 인생을 살지만 어떤 사람은
아주 척박한 성장과정을 겪으면서 힘들게 산다.
시작도 과정도 불공평한 것이 인생인데
같은 잣대로 사람을 판단하고 내세를 결정 짓는다는 것은
어려운 일이다.

그런데도 자기가 사람들의 구원을 결정짓는 권한이 있다고 설레
발치는 사이비종교인들이 판을 치고 있다.
저승사자가 싸그리 데려가길 바란다.

지능이란

한때 한국 엄마들이 아이들의 지능지수 때문에 난리법석을 떨었다. 그러나 사람의 지능은 몇가지 지능테스트로 알 수 있는 것이 아니다. 그런 지능테스트는 개나 고양이 같은 반려동물에게나 하는 것이다. 사람의 지능은 다른 사람들의 글을 보거나 말을 들으면서 얼마나 깊이 있게 이해하는가로 가늠한다. 다른 사람 글의 행간을 읽을 정도면 대단한 지능의 소유자이다.

반면 누군가가 쓴 글의 내용은 제대로 안 보고 누구를 비난하는 것이냐, 누구 편을 드는 것이냐 하는 것은 지능이 강아지 수준이라서 그런 것이고, 글의 일부만을 보고서 민감하게 반응하는 것 역시 지능이 낮아서 생기는 현상이다.

책을 쓰고 난 후나 강의를 하고 난 후 사람들이 보이는 반응을 보면 그 사람의 지능이 느껴진다. 때로 나의 의도를 정확하게 파악한 사람들을 만나면 감동 그 자체이다. 외모와 상관없이 사람이 달라 보인다. 반대로 제대로 알아듣지도 못한듯한데 비난조로 말하는 사람들을 보면 벽창호구나 하는 생각이 든다.

글은 음식과 같다. 씹을수록 맛을 알 수 있다.

지능이 높은 사람들은 글을 되새김질하며 곱씹으며 맛을 느끼는 사람들이다.

반면 지능이 낮을수록 편식이 심하고 투정도 심하다.

지능이 높은 사람이 많을수록 사회는 안정감을 갖고, 지능이 낮은 사람들이 많을수록 분열현상이 심하다.

성당 가자 하면

'성당 가면 밥이 나오냐, 돈이 나오냐.'
하는 시어머니 모시고 산 며느리.
어떻게 하면 시어머니를 성당에 나오시게 할까 고민 중.

강의를 아주 재미있게 하는 신부가 특강 온다는 이야기를 듣고
서 동네 신자 할머니들에게 시어머니를 강의에 같이 모시고 가
달라고 부탁하였다.
마지못해 성당에 가서 강의를 듣고 오신 시어머니.
집에 들어오자마자 박장대소하시면서,
'그 신부님 정말 웃기더라.' 하신다.
'무슨 이야기 들으셨는데요?'
'다른 건 잘 모르겠고 사람은 소꼭지로 살지 말고 젖꼭지로 살라
고 하더라.'
'그래요?'

너무 궁금한 며느리 강사신부에게 전화 걸었다.
'우리 시어머니가 들으신 이야기가 무슨 이야기인가요?'

'아하, 그거요.

사람은 소극적으로 살지 말고 적극적으로 살라고 했는데 잘못
들으셨나봐요.'

영성은 인성이다

아주 오래전부터 영성이란 무엇인가에 궁금해했다.

기도를 많이 하는 게 영성일까? 아니면 거룩하게 사는 것, 세상을 멀리하는 것이 영성일까?

꽤 많은 종교인들을 만나면서 영성은 인성이란 결론을 내렸다. 아무리 기도를 많이 해도 인성이 덜 된 사람은 영성도 바닥이란 것이다.

몇 년 전 이스라엘로 성지순례를 갔었다. 오전에 몇 군데를 둘러보는데 가이드가 재촉을 한다. 미사 하러 가는 성당의 수사가 시간 늦었다고 화가 났단다. 부랴부랴 신자들을 재촉해서 미사 할 성당으로 갔는데 마당에 젊은 외국인 수사 한 사람이 오만상을 찌푸리고 서 있다. 미안하다 하고 부랴부랴 미사를 하고 나오는데, 뒤로 따라오는 그 수사가 자기네 나라말로 중얼거리는데 욕하는 듯이 들렸다. 그래서 나도 성질이 나서 뒤돌아서서 말했다.

'잘 있어라. 싸가지 없는 놈아.'

그런데 구 수사가 '싸가지' 하고 내 말을 되씹는다. 수도복만 입었지 영성은 밑바닥인 자를 처음 보았다. 영성이 깊은 사람들은 인자한 웃음을 띤 경우가 많다.

포르투갈 파티마.
다음 행선지로 가야하는데 성물방에서 신자들이 나오질 않는다. 웬일이지 하고 들어가 보니 우리 신자들이 포르투갈 수녀님의 손을 잡고 놓아주질 않고 있다. 엄마 같단다. 언어도 통하지 않는데 대화를 한다.

아. 영성은 인성이구나 하는 것을 포르투갈 수녀님을 보고서 새삼 깨달았다.

여러 신부들을 보면서

본당신부는 어떤 사람이어야 하는가 생각해본다.

나름의 답은 보고 싶은 사람이어야 한다는 것.

사제들은 거룩하고 경건해야 한다면서 신자들을 멀리하는 신부
들을 본다.
대개 이런 신부들은 감정억압이 심하고 차가운 느낌을 준다.
그래서 신자들은 신부 눈치 보기 바쁘다.

가까이 하기엔 너무 먼 사제.

또 어떤 신부들은 신자들을 가르쳐야 한다면서 야단치고 소리
지르기조차 한다.
지금은 그런 식으로 사목을 하면 사람들이 떠난다.
가뜩이나 힘들고 외로운 사람들이 무엇이 아쉬워서 차갑디 차가
운 신부들을 찾겠는가.

사제들은 따뜻해야 한다.
그리고 보고 싶은 사람이 되어야 한다.

아무리 기도를 많이 하고 거룩하게 살아도 신자들이 곁에 오지
않으려 한다면
그것은 거룩한 사제가 아니라 진상사제인 것이다.
영성은 인성이다.

떠나라

교회는 참으로 묘한 곳이다.

마치 닭장 같다는 느낌이 든다.

병아리 때는 좋다. 큰 닭들이 보호해 주고 병아리들끼리 연대감이 생겨서. 그런데 문제는 덩치가 커지면서부터이다. 닭이 아닌 독수리의 모습이 드러나기 시작하면서부터 주위의 시선이 따가워진다. 독수리가 될 놈에게 닭이 되라 하고, 심지어 날지 못하게 날개를 꺾어버리기도 한다. 그래도 닭장을 뛰쳐나가려고 하면 닭장 문을 견고히 닫고 닭의 도리를 가르치려 한다. 그러나 독수리에게 닭장은 의미가 없다. 하늘을 날으면서 자유를 맛보았기에….

주님의 행적을 묵상하다 보면 이분이 바람의 아들이었구나 하는 생각이 든다.

자유로운 영혼.

바리사이들이라는 닭들이 정신적인 감옥을 만들어서 사람들의 영혼의 자유를 빼앗은 것에 정면비판하시고 정신적 감옥 문을 열어서 해방시키시려다가 독 오른 닭들에게 죽임을 당하신 것이다.

그런데 현대에 와서 신바리사이들이 생겼다. 죄책감이란 더 정교한 정신적 감옥을 만들어서 사람들을 가두고 있다. 사람들이 신앙이란 명분하에 자유로움은커녕 괴로워하는 걸 보면서 즐기는 것을 보면 바리사이들은 사디스트들임에 틀림이 없다.

신앙인들은 멈추고 머물러서는 안 된다.
주님처럼 새로운 것을 찾아서 떠나야 한다.
떠남이 성장을 주기 때문이다.

"건강한 사람은 긴장감소보다는 오히려 더 많은 긴장을 원한다. 새로운 감동과 도전으로 끊임없이 여러 가지 다양한 욕구를 가진다. 판에 박은 것들을 버리고 새로운 경험을 찾는다. 이런 새로운 긴장 산출 경험과 모험을 통해서 성장한다."

심리학자 알포트의 말이다.

모험은 인생을 살아가는 가치를 느끼게 한다. 모험을 원한다면
스스로를 리스크에 노출시켜야 한다. 프로이드는 모험의 절대적 필
요성을 강조했던 사람이다. 사람의 정신은 한정되어 있지 않으며,
현재와 미래에 대한 상상으로 살아간다는 것이 프로이드의 신념이
었다.

그의 말은 그때나 지금이나 여전히 유효하다.

어느 수도회에서

오지로 한 명의 선교사를 보내려고 하는데 수도자들 세 사람이 물망에 올랐다.

원장수사가 세 사람을 앉혀놓고 면담을 하면서

'그대들 셋 중에 한 사람이 선교사로 나가야 한다.'고 하고는 반응을 보았다.

그러자 첫 번째 사람이,

자기를 내보내 달라고 선뜻 나섰다.

'이 수도원에서 나가게만 해주신다면 어디에 가서든지 주님 뜻대로 살겠습니다.'

두 번째 사람은,

'여기나 밖이나 다 거기가 거긴데 나가라면 나가고, 말라면 말지유.' 한다.

세 번째 사람,

'전 여기가 살맛나는데요. 밥맛도 좋고 잠도 잘 오고.

별로 나가고 싶지 않은데요.'

여러분 같으면 이 세 사람 중에서 누구를 뽑겠는가?

원장수사는 세 번째 사람을 뽑았다.

사람들이 물었다.

'왜 가기 싫다는 사람을 뽑으셨습니까?'

그러자 원장수사가 말하기를

'첫 번째 수사는 답답증 환자다.

그 사람은 여길 나가서 다른 곳으로 가도 여전히 답답하다고 일
은 안 하고 돌아다니기만 할 거다.

두 번째 수사는 무기력증이다.

그런 사람은 여기서도 일을 안 하지만 어디를 가도 일을 안 한다.

세 번째 수사.

여기서 살맛이 난다고 하는 사람은 어디를 가도 잘 산다.'

리듬 있는 삶

사람들은 긴장과 이완, 일과 휴식, 깨어있음과 잠듦, 기쁨과 슬픔, 타인에게 다가감과 물러나 혼자 있음, 수용과 배척 등의 리듬 속에 산다. 리듬 있는 삶이란 때로는 혼돈과 당황, 부끄러운 실패까지도 포함하는 생동적이고 다양한 변화의 과정을 받아들이는 삶을 말한다.

그런데 리듬이 차단된 사람들은 체험의 정점에서 자신을 놓아 버리지 못하고, 내적 실적에 집착한다. 피곤함을 부정하고 일에 매달리며 자신이 충분히 욕구를 달성했는지 알지 못하기 때문에 물러나지를 못한다.

자신이 이미 타인으로부터 얻은 접촉의 양을 정확히 인식하지 못하기 때문에 계속 접촉을 요구하며, 타인으로 하여금 지치고 싫증나게 만든다. 이런 사람들이 조용히 물러나서 자신이 접촉한 체험을 충분히 음미하지 못하는 이유는, 과거 성장기에 받았던 상처의 아픔을 다시 겪게 될지도 모른다는 공포감을 무의식적으로 갖고 있기 때문이다.

이들이 두려워하는 것은 침묵과 공백이다.

아무것도 하지 않고 가만히 있으면 자신들이 어렸을 적 겪었던 충격적 사건을 다시 만나게 될 것 같은 두려움이 들기 때문에 그렇다.

이런 사람들에게 가장 필요한 것은, 오히려 이런 공백에 몸을 맡기고 그 상태에 머물러봄으로써 과거의 미해결 과제를 직면하고 완성시키는 것이다. 이렇게 하여 미해결 과제를 완결시키고 나면, 그때는 편안한 마음으로 물러나 쉬면서 접촉을 통해 얻은 만족을 즐길 수 있게 되며, 체험된 것들을 조용히 음미하고 나의 일부분으로 동화시킬 수 있게 된다.

속상한 자매가 성당 제대 위주님께

속사포처럼 속상한 이야기를 털어놓았다.

미주알고주알.

그런데 주님은 아무 말 없이 고개를 떨구고 듣기만 하신다.

열 받은 자매가 주님께 빽 소리를 질렀다.

'사람이 말을 하면 쳐다보시던가 한마디라도 대답을 하셔야
죠.' 그러자 주님께서 얼굴을 들으시며 말씀하셨다.

'네가 언제 내가 말할 시간을 줬냐.

그리고 그렇게 총알 쏘듯이 말하는데 내가 어떻게 니 얼굴을
보겠냐.

이 딱따구리야.'

주님도 당신 피곤하게 하는 사람은 싫어하신다.

마귀야 마귀야

가톨릭 교회의 흑역사를 손꼽으라고 하면 단연 중세 마녀사냥이다. 거의 광적인 신앙심으로 무장한 자들에 의해서 벌어진 사건. 그 사건으로 인하여 지금도 가톨릭 교회는 조롱의 대상이 되고 있다.

독일 신학자 아우구스트 프란츤은 이렇게 말한다.

중세 후기 교회의 폐해는 도처에 있었다. 가지각색의 외형적인 기도형식에 빠진 종교생활의 기형적인 부분, 기적광, 미신, 지옥과 마귀에 대한 공포와 병적인 마녀망상 등, 그 당시 사람들이 집단 히스테리 증세가 있었다는 것이다. 이런 집단적 신경증적 증세가 극심할 때 마녀사냥이 벌어진 것이다. 사람들이 마귀가 들렸다고 믿고, 구마기도를 하고, 성수를 뿌리고 하는 신심행위는 정신의학의

대두와 함께 교회의 뒷전으로 물러났다.

그러나 그렇다고 해서 마귀의 존재를 부정하는 것은 또 다른 무지한 행위이다. 마귀의 존재성에 대하여 정신과 의사인 스캇펙 박사는 자신의 실제경험으로 인정한 바 있고 가톨릭 교회도 조심스럽게 인정하고 있다.

현대에 와서도 마귀들은 존재한다.
단지 존재양식이 바뀌었을 뿐이다.

예전에는 자기노출이 심하였지만 지금은 자신의 존재성을 드러내지 않는 비존재로 존재한다.
즉 병적인 양심, 폭력적인 초자아의 형태로 존재하여서 사람들로 하여금 도덕적 자학자가 되게하니 여전히 조심해야 한다.

주님께서 사무를 보시는데 베드로 사도가 오더니 머뭇거린다

'왜, 무슨 일이냐?'

'저기 이걸 어찌해야 할는지 몰라서요.'

'뭔데 그래.'

'마귀들이 떼거지로 주님을 만나게 해달라고 몰려왔네요.'

'그놈들이 왜 날 보려고 해.

하소연 할 거면 자기들 두목 루치펠에게 가야지. 왜 내게 와.'

'저기 그 루치펠도 왔습니다요.'

'뭐라.

그 놈이 왜 와.'

'예. 인간들이 자기들이 한 짓이 아닌데도 마귀 짓이라고 해대서

하도 억울해서 소송을 하려고 왔답니다요.'

'그게 뭔 소리야.'

'예. 인간들이 화가 나면 분노마귀, 시기심이 생기면 질투마귀,

뭐가 갖고 싶으면 탐욕마귀가 유혹한다면서 자기들의 명예를 실

추시켜서 명예훼손으로 소송을 걸고 싶다고 하네요.'

'마귀들에게 가서 전해라.

마귀들이 인간들을 얼마나 괴롭혔으면 인간들이 그렇게 생각할

것이냐고.

다음에 또 이런 식으로 몰려와서 시끄럽게 굴면 공무집행방해죄로 고소할 것이라고 전해라.'

분심은 죄인가요?

고해소에서 죄가 아닌 것을 고백하는 분들이 너무 많다.

그 중에 단연 1위가 기도 중 분심이 들었다는 고백이다. 왜 분심이 죄가 되냐고 물으면 미사경본 중 생각으로 지은 죄라고 있지 않냐고 반문한다. 사람 잡을 일이다.

분심이란 무엇인가?

사람의 마음은 의식과 무의식의 세계로 구성되어 있다. 의식은 외부로부터 오는 정보들 중에서 도저히 받아들일 수 없는 것들은 버린다. 그 버리는 장소가 바로 무의식이다. 사람의 무의식은 바다와 같다. 그리고 그 바다 같은 무의식 속에는 온갖 잡동사니들이 드글거리는데 이것들은 기도할 때 수면으로 떠오르는데 그것이 바로 분심이다.

즉 분심은 사람의 의지와 상관없이 떠오르는 쓰레기 같은 생각들이다. 따라서 고해소에서 죄라

고 고백할 필요가 없는 것이다. 그럼 어떻게 해야 하는가?

그냥 두면 사라진다.

시골 본당 신부님

뱀을 아주 좋아해서 뱀만 보면 사족을 못 쓰는 신부님이 있었다.

어느 날 사제관에서 나와 성당으로 미사를 가는데
길에 웬 뱀 한 마리가 본당신부를 쳐다보고 있다.
신부는 일단 뱀을 잡아서 제의방으로 들어갔다.
그리고는 도망갈까 봐 뱀을 기절시켜서
목에다 매달고 제의를 입고서는 미사를 시작하였다.

그런데 미사가 시작되자마자 기절한 뱀이 깨어나서 요동을 치기 시작하였다.
할머니 신자들은 기겁을 하였다.
본당신부의 가슴이 벌렁벌렁하는 것이 아닌가.
우리 신부님 심장마비 온겨?
놀란 할머니들을 진정시키려 본당신부는 '내 탓이요' 하면서
뱀의 머리를 때려서 다시 기절시켰다.
그리고 미사를 진행하는데 여간 분심이 드는 것이 아니다.

'이걸 어떻게 먹어야 맛있을까?

구워 먹을까? 찢어 먹을까?'

어쨌건 뱀을 먹고 싶은 마음에 미사는 단 5분 만에 끝났다고
한다.

생긴 대로 살자

오래전 영세를 받은 신자 분들은 성인신심에 대한 교육을 받은 기억이 있을 것이다.

일반사회의 위인전과 같이 우리 가톨릭교회에서는 신앙의 멘토로 성인전을 읽기를 권장한다. 가톨릭교회에서 성인을 정하는 절차는 상당히 까다롭다. 그냥 착하게 사는 정도로는 안 되고, 그분의 이름으로 하느님께 기도해서 의사나 과학자들이 인간의 능력을 벗어났다고 인정하는 기적이 2건 이상 있어야 성인으로 인정해 드린다.

가톨릭 신앙의 핵심은 성경과 성인들이다. 그래서 대대로 성인들을 추모하는 신심이 전해져 내려오는 것인데 문제는 그러다보니 성인에 대한 이미지가 마음대로 만들어져서 성인신심을 가지려는 사람들에게 신경증적인 장애를 유발하는 경우가 생기곤 한다는 것이다.

'성인' 그러면 많은 분들이 화를 내지 않고 항상 온유한 표정을 짓는 사람, 혹은 늘 겸손하고 양보하는 사람, 아무 말 없이 봉사하는 사람 등등의 이미지를 생각한다. 그리고 자신도 그런 이미지를 가지려고 애쓴다. 그런데 여기서 문제가 발생한다. 성인과 자기를 동일시하려고 할수록 자신에 대한 혐오감, 심지어 미움까지 생긴다.

자기 옷이 아닌 남의 옷을 입으려고 하면 안 맞는 게 당연한데, 옷이 안 맞는다고 자기 몸을 나무라는 것과 같은 행동을 한다는 것이다.

두 번째 문제

성인처럼 보이려고 감정적인 억압을 심하게 한다.
성인들은 세속을 초월한 사람들,
세상 감정을 넘어선 사람들이라는 선입견을 가지고
자신도 그런 사람이 되려고 감정적인 억압을 심하게 함으로써
신경증을 유발한다.

이런 일련의 현상들을 성인 콤플렉스라고 한다.

이렇게 자기가 아닌 성인 흉내를 내는 사람들을 일명 짝퉁성인
이라고 부른다.
스페인 성지순례를 가서 성녀 대 데레사의 수도원을 방문하게
되었다. 대 데레사 성녀는 타락한 깔멜수도원을 대대적으로 개
혁한 여장부다.
다른 성인들의 초상화들은 대개 집에서 키우는 애완견같이 온
순한데, 대 데레사 성녀의 모습은 그야말로 살기등등 매의 눈을
가졌다.
평소에 성녀는 수도자가 너무 온순하면 수도생활하기 어렵다

고 하셨다고 한다.

그야말로 성질머리가 장난 아니셨던 분이셨다.

그 수녀님이 일행과 마차를 타고 가다가 마차가 쓰러졌다고 한다.
다행히 다친 사람이 없어서 다들 '하느님 감사' 하며 기도하는
데 수녀님만이 하늘을 향해 삿대질을 하면서 '아니 도대체 이
게 뭡니까. 하고 화를 내셨다고 한다.

남의 옷을 입지 말자.

남의 삶을 흉내 내지 말자.

설령 성인들이라 하실지라도 따라 하기는 하지 말자.

자기 옷을 입고 자기 삶을 살자.

생긴 대로 살자.

성격대로 살자.

하느님 눈치 보며 신경증적 신앙생활 하는 신자 분들께 드리고
싶은 말씀이다.

배꼽잡고 세상 바꾸기

꼰대

꼰대는 나이 든 어른들이 어른 노릇을 못할 때 비아냥거리는 말이다.

어른이 어른다울 때는 어르신이라고 하는데 어른이 덜 떨어진 삶을 살 때 꼰대라고 비아냥거림을 당한다. 꼰대들은 몇 가지 특징을 갖는다.

첫째, 잘난 척이다.

내가 예전에는 운운하고 왕년에를 연발하면 꼰대이다. 그런 말을 하는 당사자는 우월감을 느끼지만 듣는 사람들은 곤욕스러움을 느낀다. 그리고 속으로 '그렇게 잘 나갔던 사람이 지금은 왜 이 모양이야.' 하면서 빈정거린다. 이런 잘난 척하는 꼰대들은 대체로 지금 사는 것이 형편없는 사람들이 대부분이다. 가진 것도 없고, 해놓은 것도 없는 열등감을 과거자랑으로 스스로 보상을 받으려고 하는 것이다. 이런 사람들은 대체로 돈을 쓰는 일에는 절대로 나서질 않는다. 붙어서 얻어먹으려고만 해서 기생충이란 소리도 자주 듣는다.

두 번째가 나이타령이다.

내 나이가 몇인데 하는 사람들은 100프로 꼰대들이다. 능력 있는 사람들은 나이를 생각하지 않고 산다. 본당에서 노인잔치를 하면 마음이 젊은 사람들은 절대로 경로석에 앉으려고 하지 않고 봉사를 하려고 한다. 그러나 꼰대들은 나이도 많지 않은데 왜 자기를 경로우대 해주지 않느냐고 난리들을 친다. 그래서 나이 들면 입은 다물고 주머니는 열라고 하는 것이다.

세 번째, 다른 사람들의 말은 들은 척도 안 하고 자기 말만 한다.

그러면서 '이게 다 너 잘되라고 하는 말이야.'라는 말을 꼭 한다. 그런 꼰대들과의 자리는 지겹기 이를 데 없다.

꼰대들은 왜 그러는 것인가?

눈치코치가 없어서이다.
자기 잘난 맛에 다른 사람들의 마음을
헤아리지 못하기 때문이다.
공감 무능력자, 이것이 꼰대들의 공통점이다.

어떤 본당의 노인신부님이 강론 때마다 죄에 대하여 강조하였다

일 년 내내 허구한 날 죄 짓지 말아라. 죄 지으면 하느님께서 노하신다.

이것도 죄, 저것도 죄.

죄 타령을 늘어놓으니 신자들은 보좌신부 미사로 가고
할머니들만 본당신부 미사에 오는데 그나마 강론을 시작하자마자 주보를 보거나 존다.
매주 신자들이 당신의 강론을 듣는 둥 마는 둥 해서
속상한 본당신부는
미사도 하는 둥 마는 둥 하였는데,
그런 어느 날 웬 처음 보는 할머니가 본당신부 강론 내내 눈물을 흘렸다.
'아, 내 강론이 감동적이어서 우는가 보다.'
기분이 너무 좋은 본당신부가 할머니를 사제관에 모시고 차를 대접하면서 물었다.
'내 강론 중 어떤 부분이 감동적이던가요?'

그러자 할머니 말하길

'감동이라니요. 그게 아니고 신부님 턱수염을 보니

죽은 내 염소가 생각나서 슬퍼서 울었어요.'

화가 치민 본당신부, 그날로 바로 수염을 밀어버렸다.

밑바닥

    평소 믿음을 가지라 열변을 토하던 신부가 등산을 갔다가 실족해서 절벽 중간에 비죽이 나온 나뭇가지에 매달리게 되었다.

    아래는 퍼런 강물.

    다급한 신부가 '주님 살려주십시오.' 외쳤다. 당신의 신실한 종이 외치는 소리를 들으시고 주님께서 답하셨다.

    '알았다. 내가 구해 줄 테니 나뭇가지 잡은 손을 놓아라.'

    아래 퍼런 강물에 질린 신부가 다시 외쳤다.

    '살려주십시오.'

    그러자 주님 짜증내시면서,

    '손을 놓으라니까.'

    망설이던 신부가 외쳤다.

'거기 주님 말고 다른 분 안 계십니까?'

그 소리에 성모께서 달려오셔서는 아드님을 꾸짖으셨다.

'아니, 애가 살려달라는데 뭐 하시는 겁니까.'

'아, 그래서 제가 강에 떨어지면 바로 건져주려는데 저러고 있네요.'

성모께서

신부를 달랬다.

'손을 놓고 떨어지렴.'

그러자 신부는 '믿을 사람 아무도 없네.' 하면서 지금도 나뭇가
지에 매달려 있다는 얘기.

'이젠 끝이야' 하는 상황에 몰리면 사람은 인생의 밑바닥에 떨
어진 기분을 맛본다.

하지만 아예 밑바닥까지 떨어지면 바닥을 치고 올라갈 일만 남
은 것이기에 크게 좌절할 일은 아니다.

고민에 빠졌을 때 해결책이 쉽사리 떠오르지 않는 것은 당연하다

해결책이 보이더라도 대개 선뜻 내키지 않는 것들이라
고민하는 사이에 상황은 악화되고 걱정은 깊어간다.
그러나 사면초가일 때 눈에 띄는 길이 있기 마련이고
그것이 자기가 진정 나아가야 할 길이다.

분노, 불편하기 이를 데 없는 것

사람이 가진 감정 중에 분노만큼 불편한 것이 또 있을까?

사람 사이를 갈라지게 하고 여러 가지 범죄의 원인인 분노. 그래서 많은 종교들이 분노를 참거나 없애라고 가르친다. 그러면 그렇게 해서 분노가 해결되는 것일까? 분노는 없애야만 하는 것이고 노력하면 없앨 수 있는 것인가? 이 물음에 대한 답은 그렇지 않다이다.

우선 분노에 대한 개념부터 다시 알아야 한다. 분노는 인간이 가진 감정에 지나지 않는다. 감정은 몸의 근육과 마찬가지로 마음의 근육이다. 없애서는 안 되고 없어질 수도 없는 것이 분노이다. 분노가 없는 것처럼 보이는 사람들은 근육이 없는 사람들과 유사한 행동을 한다. 무기력해 보인다. 일견 착해 보이지만 착한 것이 아니라 감정표현을 억압하고 있는 신경증적인 상태를 보인다. 다른 감정들

과 마찬가지로 분노 역시 일정량은 필요하다. '난 그것이 싫어요.'
하는 말의 에너지는 분노에서 나오는데 그런 에너지가 없을 경우
사람들은 나의 의견을 묻지 않는다.

그래서 나를 지키기 위한 일정량의 분노가 필요하다. 마음 안에
는 개가 한 마리가 산다고 한다. 일명 barking dog. 누군가 내 심사
를 건드리면 내 안에서 짖는 개. 분노이다. 그런데 짖지 않는 개는
소용이 없듯이 부당한 처사에 항의하지 못하는 사람들도 그 인생이
무용지물이 될 수 있다.

분노에 대한 경구 중 가장 많이 인용된 것이 있다.
'참을 인 자 셋이면 살인도 면한다.'
맞는 말이다.
차량끼리 접촉사고가 나거나 술집에서 분노조절을 못해서 싸움
하다가 다치고 심지어 죽이기까지 하는 일들은 분노조절을 못한 탓
이길래 그런 사람들에게는 이 경구가 해당된다. 그러나 참새 한 마
리 죽이지도 못할 새가슴인 사람들에게는 이 경구가 독이 된다.

분노는 두 가지 방식으로 다루어야 한다.

관리와 해소.

평소에는 분노관리가 중요하다. 웃을 일을 많이 만들고, 감정 표현하는 훈련을 하고, 대화훈련을 하는 등, 자기감정을 이야기하는 훈련이 필요하다. 이런 훈련은 분노가 세련된 언어로 표현하게 해준다. 그러나 분노의 양이 클 경우 도저히 참을 수 없을 만큼 화가 치밀어 오를 때에는 사람에게 바로 화를 내지 말고 잠시 그 자리를 피해서 혼자 분노 해소하는 시간을 가져야 한다.

젊은 신부가 본당신부에게 하소연한다

'아무리 생각해도 하느님이 안 계신듯 합니다.'

그러자 주임 왈

'계신 척하고 살아.'

'그렇게 신자들을 속이며 사제생활 못 합니다.'

'글면 하느님 생각 말고 그냥 좋은 일 많이 해.'

답답한 신부가 성당 주님 앞에 엎드려 외칩니다.

'계십니까? 안 계십니까?'

그러자 주님께서 빽 소리치시길.

'신자들이 보좌신부 얼굴 안 보여서 있는지 없는지 모르겠다는
투서를 한두 번 받은 게 아닌데. 니가 나한테 그런 불평할 자격
이나 있냐.' 하면서 뒤통수를 후려쳤다.

채우며 삽시다

어떤 백수청년이 주님께 간절히 기도하였다.

'주님. 저는 가진 것 없는 백수입니다.

제 소원을 들어주신다면 열심히 신앙생활을 하겠습니다.'

갸륵한 모습을 보신 주님께서,

'그래 네 소원을 말해 보아라 하셨다.'

주님의 갑작스런 대답에 놀란 청년이 '그래. 취업시험에 합격하려면 머리를 달라고 해야지' 하는데, 마음 한 구석에서 '머리만 좋으면 뭐해 돈이 있어야지' 하는 소리가 들렸다.

'맞아 돈을 달래야지.'

그런데 또 한구석에서 '머리 좋고 돈만 있으면 뭐해. 이쁜 여자가 있어야지.' 하는 소리가 들렸다. 청년이 갈팡질팡하는데 주님이 버럭 소리를 질렀다.

'빨리 말해 짜샤. 기다리는 사람들이 줄 서 있는 거 안 보여.'

청년은 급한 중에도 한 가지도 포기하기 싫어서 급하게 청했다.

'머리, 돈, 여자요.'

사람의 마음 안에는 욕구란 것이 있다.

생존하기 위한 기본적인 요소인데 간혹 종교인들 중에 사람의
욕구를 불편한 것으로 여기거나 심지어 죄스럽게 여기는 사람들도
있다. 기도할 때에 무언가를 청하는 기도를 세속적이라고 비난 하
기조차 하고 욕심을 내려놓아라, 마음을 비워라 하는 등등의 비현
실적 가르침을 주기도 한다.

욕구와 욕심을 동일시해서 싸잡아 비난하는 것은 심리적 결핍이
심한 사람들에게는 자칫 신경증적 증상을 유발할 가능성이 높다.

본당에서 불우이웃돕기 차원의 기금을 모금한 적이 있다

교우 분들에게 집에서 사용하지 않는 물건을 기증하시라고 공지
하였는데 그 후 찾아오셔서 고민을 털어놓는 분들이 계셨다.

불우이웃돕기의 취지가 좋아서 집에서 안 쓰는 물건들을 모았는
데 막상 내놓으려고 하니 아까운 마음이 들더라면서 그런 자신
이 역겹다는 것이다.

어린 시절 찢어지게 가난하게 사신 분들은 가난에 대한 트라우
마 때문에 가진 것을 내놓기가 어렵다.

즉 궁핍한 기억을 가진 분들은 가난의 영성을 실천하기 어렵다
는 것이다.

마음이 너무 궁핍하고 춥고 배고픈 분들은 채우며 사셔야 한다.

'왜 나는 비우질 못하지' 하고 자신을 비난하는 것은 쓸데없는
자학일 뿐이다.

그런데 이런 사정은 이해하려고 하지 않고

무작정 윤리적 행위를 강요하는 종교인들이 꽤나 많다.

신바리사이들이다.

않다 해도 자신을 위해 행복을 선택할 수 있다면 적어도 불행을 선택하지 않는다면 똑똑한 사람이다.

행복을 선택하면 신경질에 대한 궁극적 방패막이를 얻게 된다. 즉, 똑똑한 사람은 신경질을 내지 않는다. 왜냐하면 스스로 통제할 수 있기 때문이다. 그들은 의기소침해지기보다 행복을 선택하는 법을 알고 있다. 인체해부를 해보면 성깔부리는 신경은 어디에도 보이지 않는다고 한다. 즉, 애초에 신경질은 존재하지 않는다는 것이다.

누가 똑똑한 사람인지를 아는 방법은 힘겨운 상황에 부딪혔을 때 기분을 어떻게 다스리기로 작정했느냐에 따라 가늠된다. 스스로 옭아매는 수렁 같은 의기소침이나 불행을 피해가면서 상황을 잘 헤쳐 나갈 수 있는가 하는 것이 사람의 똑똑함을 가리는 척도라는 것이다.

어떤 본당 신부에게

본당 관할 나체촌으로부터 그곳에 와서 미사를 봉헌해 달라는
연락이 왔다.

본당 사제는 가야 되는 것인가?

아니면 그 요청을 거부해야 되는 것인가? 고민에 빠졌다.

그래서 사제는 주님께 도움을 청하기로 하고,

'주님 제가 그곳에 가야 되는 것입니까? 가지 말아야 하는 것입
니까?'

하고 기도를 드렸다.

한참 후 기도의 응답은 '비록 나체촌이라 하더라도

그곳의 교우들도 네 양떼들이니 가라'는 것이었다.

그런데 또 하나의 문제가 있었다.

그곳은 나체촌이기에 그곳을 가려면 자신도 옷을 벗고 가야 되
는 것인지

입고 가야 하는 것인지에 대한 문제였다.

이 문제로 본당 사제는 또 심각한 고민에 빠졌다.

그래서 역시 또 주님께 여쭙기로 하고 벗고 가야 되는지,

입고 가야 되는지에 대해 기도를 드렸다.

주님으로부터의 응답은 벗고 가야 된다는 것이었다.

사제는 용기를 얻어 영대만을 걸치고 입장을 하였다.

그런데 이게 웬일인가?

나체촌의 교우들은 그래도 사제가 와서 미사를 봉헌하는데 벗고 참례할 수 없다는 생각에 다 옷을 입고 있었다.

사제는 이런 황당함에 신경질을 내기는커녕 박장대소하고 즐거운 마음으로 함께 미사를 드렸다 한다.

인생이란?

인간은 인생으로부터 의미와 사명의 물음을 받고 있는 존재이다.

인생에서 일어나고 있는 사건들은 그것이 아무리 힘들고 괴롭다 할지라도 그렇게 된 데에는 무언가 의미가 있기에, 무언가에 대해서 깨닫고 배우도록 재촉하고 있는 것과 같다.

인생이란 우리에게 있어서 그와 같은 배움과 깨달음을 얻는 과정이며, 정신적 성숙과 영성성장의 기회이자 시련의 장(場)인 것이다.

인간의 자유는 조건으로부터의 자유가 아니라 조건에 대하여 어떤 태도를 취할 수 있는가의 자유이다.

영성가들이 이구동성으로 하는 말이다. 우리에게 다가오는 일들이 그저 힘겹고, 불편하고, 지나가기만 바라는 것들뿐이라면 그 시간이 지난 후 내게 남는 것은 아무것도 없다. 인생이란 내게 주어진 귀한 시간 안에서 나를 꽃 피우는 과정인데 그러기 위해서는 나에게 주어지는 것들의 의미를 묵상하는 것이 나 자신에게 유익하다. 그런데 이것이 말이 쉽지 실행하기는 참으로 어렵다.

식별 능력 때문이다.
어떤 것이 자신에게 유일한 것인지를 식별할 줄 아는 능력.
어떻게 해야 식별능력이 생길까?
하루 종일 명상기도를 하거나 세상과 담을 쌓고 살면 생길까?

미안하지만 그런 방법들은 자기기만에 빠질 위험이 크다. 가장 좋은 것은 직접 몸으로 경험해 보는 것이다. 즉 산전수전 겪으면서 식별능력이 생긴다는 것이다. 그래서 주님께서 자기 십자가를 지고 따르라 하신 것이다. 어른이 되었다, 철이 들었다라는 말은 식별하는 능력이 생겼다는 말이다. 그러나 인생을 살아가면서 환상과 망상이 던지는 유혹에 빠지지 않고 산다는 것은 쉽지 않은 일이다.

그래서 식별의 기도가 필요하다.

"주님, 제가 변경시킬 수 없는 것은 그것을 받아들일 수 있는 평화로운 마음을 주옵시고, 제가 변화시킬 수 있는 일을 위해서는 그것에 도전하는 용기를 주옵시고, 또한 그 둘을 구별 할 수 있는 지혜를 내려주옵소서."

어떤 처녀가 성형수술 후 자기착각에 빠졌다

자기가 세상에서 가장 이쁘고, 그래서 세상 남자들이 다 자기만
쳐다본다고 생각하였다.

그런 어느 날 길을 가는데 누군가가 뒤에서 '같이 가. 처녀.' 하고
부른다.

돌아보니 생선 장수였다.

기가 막힌 처녀.

'왜 날 불러요.'

짜증냈는데 생선장수 왈.

'안 불렀는디. 갈치가 천원이라고 했는디.'

무안한 처녀가 길가에 서 있는 버스를 탔다.

그런데 버스가 가질 않는다.

처녀는 버럭 소리를 질렀다.

'아저씨. 이 똥차 언제 갈 거예요?'

그러자 기사분이 느긋이 돌아보더니

'똥이 다 차야 갑니다.'라고 하였다.

졸지에 처녀는 똥이 되었다.

결핍욕구가 심할수록 망상이 심하고 비현실적 자기 기대감이 높

아쳐서

스스로 자멸하는 경우가 너무 많다.

산다는 것은 절대로 쉬운 일이 아니다.

놀이

놀이기회를 상실한 아이들은 중대한 위기에 처한다.

심리적 긴장이 커지고 성장발달이 더디다. 잘 노는 아이들이 잘 큰다. 이것은 어른들도 마찬가지이다. 엄격한 종교인들은 논다는 것에 대하여 생래적 거부감을 갖는다. 논다는 것은 하릴없는 부랑배 한량족 들이나 하는 것이지 성공하는 사람들이 할 짓은 아니란 것이다.

그런데 현실은 다르다. 성공하는 사람들은 일도 열심히 하지만, 놀기도 잘하는 사람들이다. 단지 다른 것은 성공하는 사람들은 일로 지친 심신을 재충전하기 위해 노는데 부랑배들은 아무 생각 없이 논다는 것이 다를 뿐이다. 놀이는 인생에서 중요한 것이다. 놀지 못하는 사람은 재미가 없어서 사람들이 멀리한다.

또한 놀이는 내적인 힘을 키우는 데 중요한 기능을 한다. 놀이를 통해서 감정들이 살아나고 삶의 민첩성이 생기고 담대한 마음도 길러진다.

놀이는 심리치료에서도 중요하다.

우울증이나 불안증 같은 신경증적인 증세들은 실컷 놀고 나면 많이 좋아진다. 친한 친구들과 실컷 노는 것, 건강과 장수의 비법이다. 특히 생각으로 지친 사람들은 잘 노는 것이 중요하다. 놀이는 복원력을 제공해준다. 우리가 살아가면서 겪는 상실과 좌절, 한계 등을 극복하고 복원시켜 준다. 이전에 실패했던 것들에 대해 성공과 승리를 거두는 경험도 하게 해 준다.

좌절, 혼란에 빠져 있던 우리는 안정감을 되찾고 자신감, 희망을 회복해 웃을 수 있게 된다. 놀이는 기나긴 인생에서 우리가 겪어야 하는 갈등과 박탈, 상실, 갈망 등을 처리하는 중요한 역할을 하며, 대인관계를 맺고 유지하는데 중요한 틀을 제공해준다. 나이가 든 뒤 비슷한 문제를 공유한 사람들끼리의 모임과 놀이는 내적 갈등, 외로움을 해소하는 데 최상이다.

세상에서 이것저것 다 해보고 시큰둥한 마음이 들은 사람이
절에 들어가서 중이 되었다

그런데 그 절의 젊은 스님이 절을 나갈까 말까 하고 갈등을 하고 있었다. 그래서 이 사람이 그 젊은 스님을 불러서 점잖게 타일렀다고 한다.

'세상에서 내가 해볼 것 다 해보았는데
다 헛되고 헛되더라고. 절이 제일 좋으니 나가지 마시게나.'

그 젊은 중이 시무룩해서 대웅전으로 들어가더니 열심히 염불을 하더란다.
충고한 스님은 자기충고가 먹힌 줄 알고
마음이 흐뭇해서 옆에서 염불소리를 들었는데 왠지 내용이 다르더란다.
자세히 들어보니 이런 염불을 하더란다.

'지랄하고 자빠졌네. 지는 다 해봤으면서.
지랄하고 자빠졌네. 지가 뭐가 잘났다고.

지랄하고 자빠졌네. 지처럼 다 해봤으면 나는 벌써 성불했겠다.'

본당에서도 비슷한 일들이 일어난다.
어떤 본당 신부가 돈에 눈이 팔리면 천당에 못 간다 했더니 신자
분 한 분이 궁시렁 하시길.
'천당에 못 가도 좋으니 그런 돈 한 번 만져보기라도 했으면 좋
겠다.'
하시더란다.

인생 공부

우리 삶에는 지속적인 끌어당김, 끊임없는 팽팽함, 긴장감이 존재한다.

그것도 한 번 왔다가는 것이 아니라 잔물결 치는 하나의 파도와 같이 계속적으로 이어진다.

사소한 충돌에서 시작하여, 전쟁과 같은 극심한 갈등으로 발전하곤 하는 것이 사람의 마음이다. 우리는 '예' 하고 말하면 지치게되고, '아니오'고 말하면 죄책감을 느끼며, 주는 것과 받는 것 사이, 타인을 돌보는 것과 자신을 돌보는 것 사이에 끼어 갈등하면서 산다. 상처 입은 내면아를 지닌 채 성장한 우리들 대부분에게는 각 발달 단계상 채워졌어야 할 욕구 결핍으로 인해 생긴 엄청난 고통과 불안으로 인한 커다란 내면 속의 공간을 지닌 채 살아간다.

많은 성인(成人) 아이들은 자신들의 미성숙한 행동들이 결핍에서 기인한다는 사실조차 깨닫지 못한 채 자신들의 실패나 성격적인 결점에 대해 수치스러워하며 가혹하게 비난하곤 한다. 내재아의 잘못된 행동들은 그 아이가 살아남기 위해 어쩔 수 없이 학습된 생존방식들이다.

T.mmen Germek(정신과의사)는 이러한 생존방식들을 외상 후 스트레스 장애(PTSD: Post Traumatic Stress Disorder)의 특징들과 비교한다. 전쟁터의 군인이나 극심한 고통, 사건을 겪은 사람들은 살아남기 위해 할 수 있는 모든 방법을 동원하듯이 욕구결핍자들도 유사한 행동을 한다. 상처를 아물게 하는 데 반드시 필요한 감정표현을 할 시간조차 없어서 표현되지 못한 슬픔은 불안으로 인한 공격성, 과잉통제, 기억력 쇠퇴, 우울, 연령퇴행, 과다경계(Hyper vigilance) 등으로 나타난다.

사람은 태어나는 순간 누구나 예외 없이 삶이라는 학교에 등록된다

수업이 하루 24시간인 학교에 살아있는 한 수업은 계속된다.

우리가 배워야 할 과목들은 사랑, 관계, 상실, 두려움, 인내, 받아들임, 용서, 행복 등이다.

이 수업은 궁극적으로는 나 자신이 누구인가 하는 깨달음으로 우리를 데려간다.

충분히 배우지 못하면 수업은 언제까지나 반복된다.

그래서 이것을 심리적 윤회라고 한다.

참 사는 게 쉽지 않다.

사람이 보약

미국 펜실바니아 로제트(Roseto)라는 마을.

미 정부는 심장병 발병률이 낮은 마을을 연구하는 과정에서 이 마을을 연구대상으로 삼았다. 마을 주민들 대다수가 과체중, 담배를 좋아하는 육식가인데도 건강의 비결이 무엇인지 조사했다. 결론은 사회적지지 - 친밀한 유대감 - 가족과 함께하는 것이었다고 한다.

사람은 사람에게 상처를 주고 아픔을 주는 존재이다. 그런데 그 상처를 치유해주는 것 또한 사람이다. 그래서 좋은 사람들을 많이 가진 사람이 누구보다 부자라고 하는 것이다. 돈이 아무리 많아도 같이 밥 먹고, 같이 놀아주는 사람이 없으면 가장 불행한 인생이다. 가난해도 의지하고 마음을 나눌 친구가 있는 사람들은 행복하다.

그래서 주님께서 '네 이웃 사랑하길 네 몸처럼 하라'고 하신 것이다. 물건을 싸게 샀는데 품질이 생각보다 좋으면 횡재를 했다고 한다. 뜻하지 않은 좋은 사람을 만났을 때에도 같은 생각을 한다.

여행을 하다 보면 수많은 사람들을 만난다.

그런데 그중에 아주 기억에 남을 정도로 좋은 사람들을 만날 때가 있다. 어떤 사람들인가? 힘들고 피곤한 일정 중에도 다른 사람을 배려할 줄 아는 사람, 사람들을 존중할 줄 아는 사람. 여행을 하면서 이런 사람을 만나면 횡재한 기분이 든다.

좋은 사람들.

복음에서 주님께서 누누이 강조하는 복음적인 사람이란, 복잡하게 생각할 필요 없이 그냥 좋은 사람이 되는 것이다. 혹자는 좋은 사람들은 모든 것이 완벽한 사람이다라고 하는데 그렇지 않다. 마음이 불편하고 힘든 것은 다 마찬가지인데 그럼에도 불구하고 다른 사람에게 대한 배려심을 잃지 않는 사람들이 좋은 사람들인 것이다.

세상에는 어디를 가나 좋지 않은 사람들과 좋은 사람들이 있다.

그래서 좋은 사람과의 조우를 행운이라고 말하는 것이다.

헌금 갈등

남편이 주일 미사를 갈 때마다 꼭 지갑을 집에 두고 가는 것을
본 와이프가 '왜 그러냐' 물었더니,

'헌금 때마다 내게 있는 모든 것을 아낌없이 바치네'
하는 성가를 부르는데 맘이 찔려서 놓고 간다는 것이다.

이야기를 들은 와이프가 주님께 용서해달라고 기도했더니 주님
께서 답하시길,

'괜찮단다. 그놈이 술집에서는 호기를 부리면서 내겐 야박해서
나도 다른 애들 기도 다 들어주고 그래도 시간 남으면
그놈 기도 듣는 둥 마는 둥 하니 도찐개찐이다.'

하시더란다.

건강한 공동체,
보잘것없는 사람 하나에게

건강함이란 상호파괴적이어서는 안 된다.

조직 전체의 목표를 달성하기 위해 의도적으로 개인의 희생을 강요하고 개인의 인격을 파괴한다면 달성한 목표가 아무리 훌륭한 것이라고 해도 그 조직은 건강한 운영을 하고 있는 것은 아니다. 다수의 폭력이 지배하는 혁명적 조직은 일시적으로 일사분란하게 성장하는 듯 싶으나 결과적으로는 성장이 퇴보한다.

개인이 존중되지 않기 때문이다.

건강은 개인이나 조직이나 그 의미가 같다.

결과를 위해서 개인을 무시하는 집단주의 성향은 이런 풍토 안에서 작은 다른 소리들이 쏟아져 나오게 한다. 문제는 작은 불평을

하는 이들은 소수이나, 작은 불평을 생각하는 사람들은 다수란 것
이다. 불평하는 한 사람의 고객 뒤에는 수백 명의 불평하는 고객들
이 숨어 있다. 고객이 겪은 단 한 번의 불쾌한 경험, 한 명의 불친절
한 직원 등 사소한 실수가 결국은 기업을 쓰러뜨린다.

환원주의(Reductionism)

각각의 작은 부분에는 전체가 축약되어 있다.
큰 경영전략은 신경 쓰면서 작은 것에는
신경 쓰지 않는 것은 깨진 유리창과 같다.
오너들이 회사 곳곳에서 일하는 사람들을 잘 챙기는 이유는
작은 틈이 벌어지는 것을 막기 위함이다.
거대한 비행기도 볼트 하나 때문에 추락한다.
그래서 예수께서,

'가장 보잘것없어 보이는 사람 하나에게 해 준 것이 당신에게 해
준 것이다.'

라고 말한 것이다.

낯선 이들 안에서

신경증자를 제외한 대부분의 인간들은 자신이 특별하고 소중한 존재라 여기고 산다.

그래서 가능하면 자기 마음에 드는 사람들하고만 어울린다.

소위 절친, 베프는 이런 인간욕구에서 생기는 것이다.

그런데 이렇게 살다 보면 자아도취감이 생겨서 자기 과대평가를 하는 바보가 된다. 그래서 때로는 낯선 사람 속에서 갈등을 겪는 것이 필요하다. 특별한 존재가 아닌 대우를 받는 시간, 다양한 갈등 상황을 겪으며 여러 가지 역할을 수행하는 훈련이 필요하다. 그런 시간 속에서 익어가는 벼처럼 겸손함과 품위가 생기는 것이다.

끼리끼리 몰려다니는 것은 성숙한 사람이 되는 길이 아니라 똥개가 되는 길이다. 실제로 끼리끼리 모이면 똥개들처럼 행동하는 경우를 종종 본다. 책임감을 가지고 행동하며 경험을 쌓아오는 사람들은 자기 몸에 스며드는 감각이 있는데, 이것을 창조적 육감이라 한다. 이것은 그 사람이 겪어온 경험이나 행동의 결과로 체득한 것인데 어떤 상황만 주어지면 답이 바로 나오는 초고속 판단회로이다.

이런 창조적 육감을 더 확장하고 발달시키려면 활동영역을 넓혀야 한다. 그래서 여러 가지 다양한 일들을 해보고 여행을 통하여 다양한 경험을 하라고 하는 것이다.

"건강한 사람은 긴장감소보다는 오히려 더 많은 긴장을 원한다.
새로운 감동과 도전으로 끊임없이 여러 가지 다양한 시도를 한다.
판에 박힌 것들을 버리고 새로운 경험을 찾는다.
이런 새로운 긴장산출 경험과 모험을 통해서 성장한다."

심리학자 알포트의 말이다.

그런 관점에서 보면 행복이란 동경과 목표를 추구하는 성격의 성공적인 통합으로 이루어진 부산물이라고 볼 수 있고, 동경을 가지고 능동적으로 추구하는 사람에게 따라오는 것이라 할 수 있다. 살아 있는 동안 도전하고 모험을 즐기는 사람들은 그 마음이 늘 젊다.

왕은 장희빈에게 사약을 내려 보냈다

사약을 가져간 병사가 장희빈에게
'임금님께서 보낸 것이니 빨리 마셔라.' 하면서 사약을 건넸다.
그러나 장희빈은 '임금이 나를 얼마나 사랑하고 있는데
그것을 나에게 보낼 리 없다.'며 펄쩍펄쩍 뛰면서 거부하였다.
병사는 '임금의 명이니 빨리 마셔라.' 하고 재촉하였다.
그러나 장희빈은 '임금께서 그럴 리 없다.'며 계속 완강하게 거부
하였다.
그러기를 반복하다 결국 장희빈이 말하였다.
'좋다. 임금께서 내리신 사약이니 마시기는 하겠다.
하지만 이 사약을 마시기 전에 임금께서 나에 대해 갖고 계신 마
음을 한마디 먼저 듣고 난 뒤에 마시고 싶다.'고 하였다.
그러자 병사는,
'당신에게 하고 싶은 임금님의 말이 그 사약 그릇 밑에 쓰여 있
다.'고 하였다.
그래서 장희빈이 그 그릇을 들어 밑을 보았더니 '원 샷.' 하고 쓰
여 있었다.

Ⅲ

배꼽잡고 행복 만들기

소음

소음은 효과적인 의사소통에 방해가 되는 요소인데 두 가지가 있다.

외적 소음과 심리적 소음(의사소통에 관계하는 사람들의 심리적인 내적 조건에 따라 의사소통을 왜곡하는 것), 외적 소음은 불편하긴 하지만 적응이 가능하다. 마치 기찻길 옆에 사는 아이가 기차소리를 자장가 삼아 자듯이.

심리적 소음은 좀 더 살펴볼 필요가 있다.

심리적 소음이란 신경증 상태를 말한다.

신경증이란 인격 내부의 여러 가지 감정들이 복잡하게 얽히고 서로 견제하는 상태를 말한다. 이런 상태에서는 일을 하거나 사회적 관계를 맺기가 어렵다. 그리고 빈약한 정신구조는 서서히 붕괴

되기 시작한다. 이런 상태는 심리적으로 죽어가는 것이다. 이런 때 아무것도 하지 않으면 붕괴 속도는 더 빨라진다. 그리고 심리적 등 창이 생기기 시작한다. 이런 때에는 움직이고 무언가를 해야 한다. 그래야 어둠 속으로 가라앉으려는 자아를 구할 수 있다.

화가 고흐는 평생 신경증 환자였다. 그러나 창조 작업을 통하여 정신병을 진행하는 것을 막았다. 아무것도 할 수 없을 때 무언가를 한 것, 그것이 신경증에서 벗어나는 방법이다. 공장의 효율을 높이기 위해서 독일인 기술고문을 초대했는데, 그는 사람들이 일하는 모습을 보고는 '매일의 공구 정리 정돈'을 지시했다. 기술자들은 짜증을 냈지만 후에 일 효율이 20% 상승했다. 일하다가 공구 찾는데 시간을 잡아먹는 걸 막은 것이다. 이것도 비단 공장에만 국한하는 법칙이 아니다.

일상생활에서도 마찬가지이다.

짜증이 심한 사람들, 우울과 불안에 시달리는 사람들을 보면 자기 인생에서 중요한 것과 중요하지 않은 것을 구분하지 못하는 경우들을 본다. 그래서 이들은 실수투성이, 뒤죽박죽 인생, 비효율적이고 혼란스런 인생을 산다. 이런 사람들은 자신이 가장 먼저 해야 할 일부터 나중에 해도 되는 일까지 목록부터 만드는 것이 중요하다.

전장터에 나가는 군인들이 장비를 잘 챙기듯이 인생살이도 그렇게 살 필요가 있다.

총알택시 운전사

신자이기는 하나 매우 방탕하게 살았던 총알택시 운전사와 신부
님이 천국에 가게 되었다.
신부가 자신이 총알택시 운전사보다
훨씬 많은 칭찬을 들을 것으로 기대했으나
하느님은 총알택시 운전사를 더 칭찬하셨다.
기가 막힌 신부가 그 이유를 물어보자 하느님은 이렇게 말씀하
셨다.

"너는 늘 사람들을 졸게 했지만 이 사람은 늘 기도하게 했느
니라!"

사랑

　우리가 받은 수많은 교육은 사실상 학대였다.

　이상하게도 더 많은 학대를 받았을수록 사람들은 자기가 잘못됐다고 생각하면서 부모를 더 이상화시킨다. 이것이 아이들이 살아남는 방법이기 때문이다. 학대받는 아이가 부모를 이상화하려면 학대에 대한 책임이 자기에게 있다고 믿어야만 한다.

　부모에 대한 이상화는 자기방어의 핵심이다.

　이런 현상은 독재국가에서도 발생한다. 국민을 핍박하는 독재자를 칭송하고 우러러보는 사람들, 혼란스런 정국의 질서를 잡았다고 하는 사람들은 학대받았던 사람들이다. 이렇게 사랑을 받지 못한 아이들은 뇌하수체 분비선에서 성장호르몬을 생산해내지 못한다. 자신을 사랑으로 받아줄 이를 갖지 못한 아이들은 학대자, 독재자에게라도 의존하고 싶어 하는 병적인 삶을 살게 된다.

독재자가 국민들을 유린하는 그런 사회가 생기지 않게 하는 가장 중요한 처방은 사랑이다.

그래서 인도 칼카타 마더 데레사 수녀는 자신의 소명은 오직 사랑해주는 것이라고 한 것이다. 사회적지지 – 사랑은 어떤 건강습관보다도 더 확실하게 건강에 관여한다.

고립감은 지방, 콜레스테롤, 대사 작용에 영향을 준다. 관상동맥 체계가 인간과 비슷한 토끼들 중 안아주고 쓰다듬어 준 개체들은 동맥경화에 걸리지 않았다.

인간도 마찬가지.

사랑을 받고 사는 사람들은 감정표현이 자유롭고 대인관계도 원만하다. 내적인 여유로움도 넘쳐서 주변 사람들까지도 마음이 행복하게 만든다. 그래서 세상을 바꾸는 사람은 똑똑한 사람, 돈 많은 사람, 지위가 높은 사람이 아니라 마음에 사랑이 넘치는 사람이라고 하는 것이다.

사랑이야말로 아무 부작용 없는 가장 적절한 처방이다

어떤 사람이 가톨릭 병원에서 치료를 받고는

돈이 없다고 벌러덩.

원무과 수녀님,

"친척은 없나요?"

친척이라곤 시집 못 간 여동생 수녀 하나.

수녀 : "수녀는 시집 못 간 여자가 아니라 주님과 결혼한 사람들

이에요. 그리고 수녀님들은 돈이 없어요."

환자 : "그럼 매형에게 전화하세요."

자기 눈의 돌

기도나 봉사를 하지 않는다고 다른 사람들을 나무라는 사람들.

그냥 자기나 기도하고 봉사하면 되지 왜 남들에게 이래라 저래라 하는 것인가?

말로는 잘못된 것을 고쳐주기 위해서라고 하지만 내심은 그렇지 않다. 기도도 많이 하고 봉사도 많이 하지만, 그런 기도나 봉사를 자기가 변화하기 위한 수단이 아니라 다른 사람을 공격하는 수단으로 사용하는 것이 문제이다.

왜 이렇게 병적인 마음을 갖게 되는가?

자기 내부의 열등감과 지나친 야심 사이에 갈등이 발생할 때 그런 것이 생긴다고 한다. 즉 그것은 열심한 마음이 아니라 신경증의 일종이다. 그래서 주님께서 '형제 눈의 티끌을 보지 말고 자기 눈의 돌을 보라' 한 것이다.

이런 병적인 상태를 고치는 방법은 한 가지뿐이다.
어떤 상황 속에서도 자기 문제를 보는 것이다.

'저 사람이 왜 저래?' 하는 것이 아니라 '저 사람이 왜 미워 보이고 마음에 안 드는 것일까' 하고 자신에게 묻는 것이다. 열등감의 기원이 어떤 것이든 결과적으로 생긴 지나친 야심은 신앙심이 강한 사람에게는 종교적 도덕적 형태를 취한다. 타인을 이기려는 싸움의 무대로서 도덕적 영역을 선택하는 것인데, 도덕적으로 모든 사람 위에 서려는 욕구를 드러낸다.

자기가 모든 사람 위에 있지 않은 때는 특별한 죄의식을 느낀다. 도덕적인 사소한 것을 강조하는 것은 위와 같은 이유에서이다.

자기의 자아 우월감(Ego-supremacy)을 갖는 사람들은 도덕적, 종교적으로 자기가 가진 것을 사소한 점에 이르기까지 강조하는 책

략을 씀으로써 자기를 타인보다 높이 끌어올리려고 한다. 이런 사람들은 어느 종교에서건 터줏대감 노릇을 하려고 한다. 살아가면서 멘토를 구하는 과정에서 이런 사람들을 만날 수 있다. 이들은 특히 종교 안에서 가까이하지 말아야 할 기피 대상이다.

손가락끼리 언쟁이 붙었다

누가 제일 잘났냐 하는.
'세상에서 제일이다 할 때 어떤 손가락 쓰냐? 바로 나다.'
엄지손가락.
'길 가리킬 때 어떤 손가락 쓰냐?'
둘째 손가락이다.
'나보다 키 큰 놈 나와 봐.'
중지가 나섰다.
'결혼반지 어디다 끼냐?
바로 나다.'
넷째 손가락.

'장맛은 어떤 손가락으로 맛보냐. 바로 나다.'

현실적 낙천주의

누구나 고난을 겪는다.

따라서 내게도 위기가 올 것을 예상하고, 아직 고통을 당하지 않았다 해도 자만하지 말아야 한다. 염세주의자가 되라는 말이 아니라 현실적 낙천주의자가 되라는 것이다. 오늘을 마음껏 누리고, 내일에 대한 희망을 간직하되 언제나 햇빛 나는 날만 있을 수는 없다는 사실을 받아들이라. 또한 어떤 것이 앞길을 가로막더라도 하느님이 그 고난을 이겨낼 수 있는 자원을 제공해주실 것임을 믿어야 한다.

삶의 시련을, 하느님께 대한 믿음을 시험할 수 있는 기회로 여기라는 것이다.

이것이 현실적 낙천주의이다.

살다가 지친다는 것은 아직은 건강하다는 증거이고 아프다는 것은 살아있다는 증거이다. 살아 가면서 불현듯이 닥쳐오는 역경들을 유머스럽게 받아들일 때 삶은 살만해진다. 그러나 왜 나만 이렇게 불행한 것일까 한탄하면 무엇인가 내 머리채를 낚아채서 어둡고 음습한 곳으로 끌고 간다.

웃음은 보상계를 자극하는 방법 가운데 하나이다

사람이 웃을 때 체내 세포 하나하나가 살아나 활기차게 변해간다.

특히 면역계의 NK세포(Natural killer cell)가 건강해진다.

NK세포란 이상세포,

특히 암세포를 감시하는 면역감시 세포군의 하나인데,

비특이적 이상세포를 살해하는 세포이다.

그래서 암에 걸리지 않으려면 많이 웃어야 한다고 하는 것이다.

남녀 학생 6명을 대상으로 웃는 표정,

억지웃음을 2시간 동안 하게 한 결과 마음에서 우러나오지 않고

표정으로만 웃어도 NK세포가 활성화되었다는 사실이 증명되었다.

그래서 영국 의사 제인 보델은,

환자를 대상으로 하루에 다섯 번 유쾌한 경험을 하라고 했다.

100m 육상선수 칼 루이스도 의도적으로 웃는 표정을 지어서

온몸이 긴장이 풀려 좋은 성적을 낼 수 있었다고 말한다.

웃음이 만병통치약이다.

하지만

'네, 하지만', '네, 그렇지만' 하는 말을 입에 달고 살지 말라.

그것은 당신이 전혀 해답을 찾고 있지 않다는 것을 말하는 것이다. 실제로 하고 싶기는 하지만 힘든 노력을 하기 싫거나, 나는 그렇게까지는 못할 것이라는 부정적 감정(Negative Feeling)이 마음 안에 가득 차 있는 것이다. 진심으로 답을 찾으려고 한다면 도와주는 사람은 생기기 마련이다. 단순히 자신의 부정적 감정을 확인할 목적에서 괜히 부산을 떠는 사람에게는 진심으로 도와주려는 사람이 나타나지 않는다.

'네, 하지만'이란 대답은 도와주고 싶은 마음을 없애는 말이다. 만약 자기가 진실로 바라고 그것을 실현하고자 진지하게 움직이기 시작하면 비록 그것이 실현되지 않는다 하더라도 세상을 보는 안목이 넓어진다.

사물에 대한 생각도 깊어진다.
시야가 원대해지고 감정도 원대해진다.
자기 한계라는 말은 실패를 무마하고자 하는 변명에 불과하다.

몇 년 전 재개발 지역에서 사목을 할 때 매일처럼 부수고 깨는 불도저의 소리에 시달리고 밖을 나서면 집도 사람도 없이 쓰레기 더미만 보아야 하는 상황. 더욱이 나가라고 반 협박을 하는 사람들 때문에 성당을 잃을까 노심초사 우울감, 불안감, 불면증에 시달렸다. 성당을 지켜야 한다는 무거운 책임감과 도움을 청할 곳이 없다는 무력감으로 마음이 허물어지니 몸도 병들기 시작했다.

그런 어느 날 술에 취해서 성당에 들어가서 고래고래 소리를 질렀다. 내가 왜 이런 일을 당해야 하냐고. 그러다가 문득 '아, 그래. 이 성당이 내 것이 아니지 주님과 성모님 것이지.' 하는 생각이 들면서 성모님께 나는 능력이 없으니 당신이 지켜달라고 기도했는데 문득 성모님의 초상화로 성당을 둘러싸야겠다는 생각이 들었다.

멀리서 보면 언덕 위 흙갓집처럼 보이던 성당 벽에 성모님의 대형 초상화를 붙였다. 그렇게 하고 나니 멀리서 보아도 성당처럼 보였고 성당에 오는 신자분들도 성모님 초상화를 보면서 묵주기도를 하면서 즐거운 마음으로 성당을 온다는 이야기를 하셔서 성모께서 나에게 지혜를 주셨구나 하는 생각이 들었다. 그리고 몇 년 후 충분한 보상을 받고 협상을 마무리하였다.

만약 그때 나 혼자 뭘 해보겠다고 했으면 어떻게 되었을까

가끔 생각해본다.

아마도 술에 망가져서 폐인이 되었을 듯하다.

믿음이 나를 살리고 성당을 살린 것이다.

목사, 스님, 신부가 모여서 누가 청빈한지 자랑질을 시작했다.

스님이 나서더니,

'나는 신도들이 낸 돈을 불전함에 던져서 들어간 건 부처님 꺼,

밖에 떨어진 건 내 것이라 하네.

신부가 나서더니,

'니들은 다 도둑놈들이야.

나는 헌금을 몽땅 하늘에 던져서 올라간 건 하느님께,

떨어진 건 내 것으로 한다.'

그래서 종교인 중 신부들이 상도둑이 되었다는 이야기.

망상

　망상이란 다른 사람들이 납득할 수 없을 정도로 고착된 잘못된 믿음을 말한다. 망상은 아무리 이성적으로 설명해도 결코 흔들리지 않는 확신을 지닌다.

　극단적인 정치나 신조나 종교적 신앙 같은 것은 일반적인 상식으로는 공통적인 믿음이기 때문에 그들은 그것을 망상으로 간주하지 않는다. 문제는 이런 망상을 가진 사람들에 의해서 비합리적 현상들이 생긴다는 것이다.

　사회가 조금만 불안해지면 기승을 부리는 종말론자들이 대표적인 사례이다. 세상에 종말이 온다는 근거를 말도 안 되는 거짓 자료에서 추려내고, 심지어 그 종말 상황 속에서 구원받으려면 자신들을 따라야 한다고 궤변을 늘어놓는 자들은 망상증 환자들이다.

심리학자 애트킨슨은 달성욕구와 실패회피욕구에 대하여 이렇게 말한다.

의욕이 높고 실패를 두려워하지 않는 사람들은 실현이 곤란한 목표를 선택하지 않는다. 실패를 두려워하거나 의욕이 낮은 사람들은 아주 어려운 목표를 실패함으로서 창피를 면하려 한다. 허세를 부리는 사람들은 근본이 허약해서 그런 것이다. 그래서 자기 주제를 알고 살아야 주제넘다는 이야기를 안 듣는다고 하는 것이다.

자아는 현실원칙(Reality Principle)을 충실히 따르며 여러 가지 방어기제를 사용하여 마음의 불안을 처리해준다. 자아는 의식수준에서 느끼는 감각, 생각, 느낌, 행동을 통해서 주위 환경을 인식하고, 이에 반응함으로서 현실과의 관계를 유지한다. 자아는 인격구조 중 의식조절기능을 하는 부분이다.

자아는 성장하는 것이기에 자아를 찾아가는 과정이 중요하다. 이 자아를 성장시켜주는 것이 비현실적이거나 망상적 생각에 빠지지 않게 한다.

아주 지루하게 강론을 하는 본당신부가 있었다

이 신부가 입을 열면,
신자들은 졸거나, 주보를 보거나 몸부림을 치면서 강론시간이
끝나길 기다렸다.
그런데 어느 주일 날,
신자들이 모두 졸지도 않고 뚫어지게 강론하는 신부를 바라보는
것이다.
신부는 '아, 이제 내 강론을 알아주는구나.' 하고 감격하였다.
미사 후.
신부는 사목위원들에게 은근히 자랑을 하였다.
그런데 총회장이 머리를 긁적이면서 조용히 말하길,
'신부님! 강론이 늘은 것이 아니라
신자들이 시계를 성당 뒤가 아니라
제대 뒤에 해달라고 해서 성체등 근처에 달았는데
다들 강론이 언제 끝나나 그 시계들을 보느라 졸지 않은 것입니다.'
하더란다.
ㅋㅋㅋㅋㅋㅋㅋ

행복의 조건

행복은 세 가지 조건을 갖출 때 온다고 한다.

주관적 안녕(Subjective well-being)
삶의 만족도(Life satisfaction)
삶의 질(Quality of life)

긍정적 정서가 부정적 정서보다 클 때, 주관적 안녕 수준이 높을 때 행복하다고 한다. 그러나 부정적 정서가 꼭 나쁜 것만은 아니다. 예컨대 분노할 수 있다는 것은 내 안에 넘치는 에너지가 있다는 의미이다. 에너지를 올바른 방향으로 나아가게 하면서 희망을 잃지 않는다면 굴욕에서 벗어날 수 있고, 궁극적 승자가 될 수 있다.

행복은 아무런 불편이 없는 상태, 내 마음대로 되는 상태라고 생각한다면 지극히 비현실적이며 어리석다. 그런 상태는 잠깐은 좋지만 계속 지속되면 짜증 속에 휩싸인다.

행복은 힘들게 산을 올라 정상에 선 순간과 같다.
불편을 감수하고 얻는 행복이 가장 맛있다.
인간관계는 행복의 주된 원천이다.

인간은 남과 더불어 살아야 하는 사회적 동물인 까닭에 대화를 통해 얻는 즐거움이 무엇보다 크다. 유쾌한 대화는 서로에게 좋은 자극을 줌으로써 생활에 활기를 불어넣는다. 그런데 나누는 대화가 즐겁기 위해서는 서로가 공유하는 지식에 바탕을 두면서도 화제가 참신해야 한다. 다시 말해서 사람들이 알고 있는 것과 쉽게 연결되면서도 새로워야 한다는 것이다.

선생이 학생들에게 새로운 지식을 가르쳐 줄 때에도 학생들이 이미 알고 있는 것과 연결해 설명하면 이해가 빠르다. 뉴턴의 만유인력 법칙을 사과가 땅에 떨어지는 현상과 연결해 설명하면 이해가 쉽듯이, 공유되고 있는 '축적된 지식과 정보'가 많을수록 화제는 풍부해지며 대화도 더 재미있어진다.

그래서 나이가 들어갈수록 젊은 세대의 문화를 배워야 하고 대화해야 한다. 그렇지 않으면 자기 생각에 사로잡힌 꼰대가 되고 만다.

따귀 맞은 수사님

한 수사가 여름 피서차 시골로 내려왔는데 원두막에서 보니 웬
처녀가 호박밭에서 열심히 일을 하고 있는 것이다.

눈이 안 좋은 수사는,

'아니 이 더위에 웬 처녀가 저리도 열심히 일을 하고 있을까?

저런 처녀라면 결혼하고 싶은 마음이 드네.'

하면서 유심히 바라보다가,

'주님 저 처녀가 제게 말을 걸게 해 주십시오.'

기도가 끝나자마자 처녀가 저벅저벅 오더니 따귀를 철썩 때린다.

'아니 왜 때려요.'

'맞을 만한 짓을 했으니 맞아야지.'

'제가 뭘 잘못 했는디요.'

'처녀 똥 싸는 거 첨 보냐. 너 변태지?'

졸지에 따귀 맞은 수사가 이럴 수가 있냐고 주님께 따졌다.

주님 왈.

'처녀가 말 걸게 해달라고 말했지.

그다음 얘기는 안 했잖니?

멍청한 놈아!'

난 쓸모 있는 사람이다

'난 쓸모 있는 사람이다.' 라는 생각은 아주 중요하다.

'나 같은 걸 누가 쓰겠어.' 하는 생각은 자기 가치감을 떨어뜨리고 불안, 위축된 상태로 살게한다.

"우린 서로에게 과도한 기대로서 존재한다. 그러지 않으려면 자신을 사랑해야 한다."(Andre heller)의 말을 귀담아 들을 필요가 있다.

사소한 문제로 크게 무시당했다고 느끼고 금방 의기소침해지는 것은 자존감이 낮고, 열등감이 많다는 것을 의미한다. 자존감을 유지할 수 있는 가장 중요한 요소는 자신이 어떤 역할을 얼마나 잘 해내고 있는가와 연결된다. 자신이 하는 일, 자신이 사는 삶에 대한 확신과 자신감이 없을 때 의기소침해지고 잘 삐진다.

사람은 누구나 잘하는 것이 한 가지는 있다고 한다.

남의 것을 부러워말고 나의 것을 찾아서 잘 키우는 것이 중요하다. 행복요인의 50%는 유전자(교육), 10%는 소득(환경), 40%는 사람들의 인생관(각종 활동, 대인 관계, 우정, 일, 공동체 활동, 운동, 취미생활)이라고 한다. 일단 기본적 욕구가 충족되면 여분의 돈이 있다고 해서 인생이 더 만족스럽거나 행복해지지 않는다. 6개월 동안 일주일에 3회씩 20분 간 운동을 하면 전보다 10~20%는 행복해진다.

행복한 사람이 부자가 될 가능성이 높다.

타인과 꾸준한 관계를 유지하는 사람이 외톨이보다 더 행복하다.

춤을 추면 행복하다.

반려동물을 키우면 혈압, 스트레스가 감소한다.

많이 안아 준 아이들이 행복하다.

행복은 주어지는 것이 아니라 만들어가는 것이다.

때로 다른 사람들이 자기를 행복하게 해주지 않는다고 불평하는 사람들이 있다. 마치 배고픈데 왜 자기 입에 밥을 넣어주지 않느냐 불평하는 아이와 같다. 맛있는 음식을 먹으려면 찾아나서야 한다.

성탄절이 끝난 월욜

아무도 없는 성당 안에 주정꾼이 들었다.

이리저리 구경하다가

아기 예수상 앞의 헌금 통이 눈에 띄었다.

주정꾼 – '어린 놈이 벌써부터 돈 밝히면 못써.'

하면서 돈을 꺼내고 대신 사탕 몇 알을 넣었다.

그리고 나오려는데 애 울음소리가 – 아기 예수가 우는 것이다.

주정꾼은 취해서,

어린놈 어쩌구 욕을 하며 나가려는데 느닷없이 누군가가 목덜미

를 잡고는,

'요 고약한 도둑놈아!' 하는 것이다.

겁먹고 뒤를 보니 성모님이 노기 찬 모습으로

째려보시는 것이다.

주정꾼은 다리야 날 살려라 줄행랑.

집에서 달달 떠는데 갑자기 본당신부가 신자들과 쳐들어왔다.

주정꾼은 무릎을 꿇고 용서를 청했다.

근디

신부와 신자들이 무릎을 꿇더니

'선생님 한 번만 더 도둑질 좀 해 주십시오.
선생님 덕분에 성모상이 움직였다고
신자들이 기도하러 전국에서 모여들어서
성당이 미어터지고
감사예물도 넘치도록 들어옵니다.'

이타적인 삶

이타심을 가진 존재가 점점 많아진다 해도 소수의 이기주의자들은 뻔뻔하게 살아남는다.

이기주의자들이 발을 붙일 수 없는 경우는 이기주의자들만 살아남아 더 이상 이득을 얻을 수 없게 되거나, 이타주의자들이 그들을 응징할 만큼 숫자가 많아지는 것뿐이다. 복음적인 삶을 사는 신앙인이 많아져야 하는 이유이다.

복음적인 삶이란 무엇인가?
상위욕구를 지향하는 삶이다.

심리학자 아브라함 마슬로우는 인간은 욕구의 존재이며 지향하는 욕구는 하위욕구와 상위욕구가 있다고 했다. 하위욕구란 생리적 욕구. 먹고 마시고 입고 등등 소유의 욕구를 말하며, 상위욕구는 자기의 존재의미를 추구하는 삶을 말한다.

즉 복음적인 삶이란 풍성하게 소유하는 것이 아니라 의미로 존재하는 것을 뜻한다.

이태석 신부는 수단 사람들을 위하여 자신을 희생한 사람이라고 말하는 분들을 보곤 한다. 자신의 행복을 포기하고, 다른 사람들의 행복을 위한 희생적 삶을 살았다는 것이다. 그런 말을 하는 분들은 대개 자신의 삶을 포기하는 것이 마치 하느님의 뜻인 양 여기는 경향이 있다. 그렇다면 정말로 이태석 신부는 자기행복을 포기한 사람이었을까? 아니다.

심리치료에서는 사람은 다섯 가지 조건이 충족되어야 행복하다고 한다.
〈생존, 사랑과 소속감, 힘, 자유, 즐거움〉
이 조건들이 충족될수록 행복하다는 것이다.

이 신부는 수단에서 의료 활동을 하면서 주민들로부터 사랑을 받았고, 자신이 하느님의 사람이라는 강한 소속감을 느꼈다. 또한 일하는 즐거움, 그리고 자신의 능력으로 무엇인가를 할 수 있다는 힘도 느꼈다. 물론 살아있음의 맛과 영혼의 자유로움도 가졌다. 자신이 할 수 있는 능력으로 다른 사람들에게 해줄 수 있는 삶을 산 것이다. 이태석 신부는 참으로 행복한 사람이었다.

그는 자신이 희생한 사람이라고 말한 적이 단 한 번도 없었다.

오히려 남수단에서의 삶이 행복을 주었다고 한다. 행복이 무엇인지 온몸으로 느끼고 산 이태석 신부야말로 가장 부러운 사람이다.

천당 주님 알현시간

성인들이 줄지어 서 있고
베드로 사도의 호명에 따라
성인들이 차례로 알현실로 들어가서 주님과 면담한다.
베드로 사도가 주님께
다음은 데레사입니다.
알려드렸다.
'오, 그 아이. 그래. 들어오라 해라.'
그런데 데레사 성녀 알현 후 주님께서 얼굴이 불그락 푸르락.
베드로 사도를 부르셨다.
'왜 그러시는지요?'
'난 소화데레사인 줄 알고 들어오라 한 거지.
넌 내가 대 데레사 싫어하는 줄도 모르냐.'
'왜 싫어하시는지요?'
'그것은 나만 보면 이거 해라 저거 해라 잔소리질해서 내가 싫다
고 지난번에 말했잖아.'
'아 깜박 잊었습니다. 다음엔 주의하겠습니다.'
사실은 베드로 사도가 깜박한 게 아니라

주님 만나는 게 왜 이리 어렵냐고

대데레사 성녀에게 혼쭐나서 할 수 없이 그리한 것이란다.

주님도 피하고 싶은 성녀 대데레사 천당 막가파 시조이시란다.

후회에서 벗어나려면

후회 속에 사는 사람들은 이미 지나가버린 과거를 고치려고 현재와 미래를 담보로 내놓고 있는 것과 같다.

잘못된 과거를 되돌리고 싶다는 생각에 빠져 지금을 살지 못한다.

후회에서 벗어나려면 어떻게 해야 하는가?

첫째. 우리 모두에게는 추구하는 무엇인가가 있다는 것을 깨달아야 한다.

사람은 의식과 잠재력을 확대하고픈 원초적 욕망을 가지고 있다. 인간의 끝없는 욕구 때문에 인생여정은 종착점이 없다. 따라서 인생은 미완성인 것이다. 이것을 인지하는 것이 중요한 이유는 후회하는 사람들은 모든 것이 다 끝났다고 생각하기 때문이다.

둘째. 내가 아는 것의 한계성을 깨달아야 한다.

무엇을 안다는 건 언제나 흘러간 과거를 아는 것이고, 결국 사람은 현재를 살지만 항상 과거 속에 사는 것이다. 또한 감각기관을 통해 인지하는 세계는 한정되어 있기 때문에 우리가 보고, 듣고, 냄새 맡고, 맛으로 느끼는 세상은 무한한 세계의 극히 일부분에 지나지 않는다. 그런데도 후회하는 사람들은 자기가 모든 것을 다 안다고 생각한다. 그래서 후회하는 사람들을 교만하다고 하는 것이다.

셋째. 감정의 긴장과 불균형 상태는 언제나 찰나적인 것에 지나지 않는다는 것을 인지해야 한다.

많은 고사성어가 인간 감정의 지속성이 그리 탐탁치 않음을 말해 준다.
후회는 찰나의 감정에 지나지 않는데 그것에 집착하는 것은 바보 같은 짓이다.

졸부가 아내의 집요한 설득에 못 이겨 성당을 나오게 되었다

교회에 나온 첫날 신부의 강론에 감동되어 졸부는 믿음이 생기
게 되었다.

그래서 미사가 끝나고 졸부가 신부를 만났다.

'신부 양반. 그 빌어먹을 강론 졸라 좋습디다.'

그러자 신부가 대답했다.

'감사합니다. 그러나 성스러운 성당에서 저속한 말씀은 삼가주
셨으면 합니다.'

'미안허우, 상소리가 버릇이 돼놔서, 허허허....

여하튼 그 놈의 강론을 듣고 내가 뿅 갔단 말이유.'

'성당에선 말씀을 가려서 해주셔야 됩니다.'

그러자 졸부는 손에 쥔 봉투를 내보이며 말했다.

'이런 빌어먹을 이거 헌금하려고 가져온 5,000만 원인데

이렇게 나오면 그냥 가져가야 되겠구만.'

그러자 신부가 바로 대답했다.

'어, 쓰발 뭐 그런 거 가지고 지랄지랄이야.

얼렁 내놓고 가 쓰발놈아!'

그러자 졸부는 '그 양반 입 참 지저분하네.' 하면서 5천만 원 내

놓았다.

그 후 본당 신부는 욕쟁이 신부가 되었다.

위대한 리더란?

역사상 위대한 지도자들은 어떤 사람들이었는가?

자신과 다른 사람들의 감정의 주파수를 맞출 수 있는 사람들이었다.

사람들은 자신들의 감정의 실마리를 리더에게서 찾는다.

리더의 감정은 부하 직원에게 영향을 미치고, 그것은 다시 도미노 파장을 일으켜 조직 전체의 감정적 기류에 영향을 미친다. 난감한 상황에서 사람들은 리더의 반응을 자신의 것으로 삼으려는 경향이 있다.

리더가 감정의 기준을 설정하는 것이다.

위대한 리더는 감정을 통해 지도력을 행사한다. 불안하거나 위협적인 상황에서, 혹은 수행해야 할 과업이 있을 때 사람들에게 확신과 명쾌함을 주는 사람들.

집단의 감정을 이끌어가는 사람들.

사람들의 감정을 긍정적인 방향으로 이끌고 해로운 감정이 야기시킨 오염물질을 제거하는 사람들. 이런 사람들이 진정한 지도자인 것이다.

유능한 리더들은 적절히 사람들의 긴장을 풀어준다.

그들은 적절한 타이밍의 유머와 농담으로 창의력을 자극하고 의사소통의 길을 열며 유대와 신뢰감을 강화하고 일을 더욱 즐겁게 만든다. 유머는 윤활유와 같아서 정신활동의 능률을 높이고, 정보판단을 잘할 수 있게 해주며, 사고의 유연성을 증가시키고, 복잡한 판단을 내릴 때 중요한 원칙들을 제대로 활용할 수 있게 해주기 때문이다. 그래서 유머가 없는 지도자는 죽은 지도자라고 하는 것이다.

지도자를 논할 때 그릇에 비유하곤 한다.

레스터 브라운 박사는 사람은 일생을 살아가면서 몇 번인가의 절망적인 상태에 빠질 때가 있는데 그때 그 사람의 진면목을 볼 수 있다고 한다.

한 인간의 힘은 순항을 거듭하는 시기에는 잘 드러나지 않는다. 역경을 만났을 때 어떻게 대응하는가를 보면 한 인간의 크기와 가능성을 엿볼 수 있다.
결국 리더의 품위란 고난 속에서도 용기와 우아함을 잃지 않는 것이라고 말할 수 있다.

어떤 본당신부님이 사목위원 세 사람과 뱃놀이를

하다가 태풍을 만나 바다에서 헤매다가 간신히 무인도에 내리게
되었다.

사목위원들이 간절히 기도했다.

'주님, 저희를 집으로 보내주신다면 앞으로 열심한 신앙인이 되
겠습니다.'

주님께서 그 기도를 들어주셔서 세 사람이 집으로 돌아갔다.

주님께서 혼자 남은 신부에게도 물으셨다.

'네 소원이 무엇이냐?'

'주님 저는 집에 가봐야 반겨주는 가족도 없고 여기 혼자 있는
게 나은데 혼자 놀기는 심심하니

아까 집으로 보낸 세 사람을 다시 여기로 보내주십시오.' 했다.

그러자 세 사목위원들이 다시 무인도로 끌려왔다고 한다.

본당신부의 기도의 힘.

불안

뇌가 불안을 느끼면 몸의 말단부위 자율신경계의 활동이 증가, 여러 증상이 나타난다.

그중 하나가 행동함정이다.

이것은 일어날 가능성이 높은 행동을 선택했는지 바람직하지 못한 상태가 되니 진퇴양난의 상황에 빠지는 것을 말한다. 행동함 정에 빠지면 유아적 망상이 생긴다. 자신이 생각한 것만으로도 나 쁜 결과가 생길 것이라 여기는 것이다. 불안은 의식의 표면으로 끓 어오르는 억압된 감정이다. 기억, 욕망, 경험으로 생긴 두려움이자 절박한 운명감이다. 이것은 개인이나 환경 내에 있는 무엇인가에 의해 발생한다.

불안은 억압의 벽을 뚫고 나온 무의식적 재료에 대한 위협에서 생긴다.

우리의 통제를 벗어나는 것 같은 위협적인 감정을 다루어야 할 때 불안을 경험한다. 불안은 자유롭고 유동적이다. 분명하지 않고 광범위하며 일반적이다. 그래서 더 사람을 힘들게 한다. 이렇게 불안 때문에 걱정과 강박이 많은 사람들을 '생각중독자'라 한다.

강박적 사고는 그 생각이 옳지 않다는 것을 알지만, 알려고 할수록 생각을 멈추고 계속 떠올라서 괴롭다. 그럴 때 생각을 멈추고 몸을 움직여라. 몸을 쓰는 것이 뇌가 밸런스를 찾고, 생각도 정리하게 해 준다. 불안하다고 움직이지 않으면 불안이 점점 더 커지고 그 무게에 눌려서 질식하게 된다.

모든 정신적 문제의 해결책은 움직이는 것이 답이다.

어떤 본당 신부가 미사 중 갑자기 배가 아파왔다

참다가 참다가 복음을 읽은 후 묵상하라고 한 후 급하게 화장실
로 향했다.

시원하게 볼일을 본 후 다시 제대로 돌아와

아무 일도 없었던 것처럼 태연하게 있으려는데

신자들이 웃음을 참느라 몸을 꼬는 것이다.

신부는 수녀를 은밀히 불러 무슨 일이 있느냐 물었다.

그러자 수녀 말하길 신부님이 화장실 갈 때

무선 마이크를 켠 채로 달고 가셔서

용건 보시는 게 생중계가 된 데다가

제의 뒷자락이 바지 속에 엉켜 들어간 모습이 넘 우스워서 저러
는 것입니다.

그 후 신부는 변비가 걸려서 생고생 중이라 한다.

배꼽잡고 믿음 키우기

일

할 일이 없을 때 대부분의 사람들은 무료함을 느끼고, 무기력함 속에 빠지기도 한다. 그래서 사람에게 주는 가장 큰 벌은 일을 주지 않는 것이라고 한다.

아무것도 하지 못하고 사는 것은 자기 가치감, 자기 존재감을 상실케 하는 가장 큰 처벌이다. 그래서 지옥에서는 아무 일도 못 하게 한다고 한다.

지루하게 하루하루를 사는 것이 바로 지옥이다.

인생에서 가장 중요한 것은 일을 하는 것, 일을 찾는 것이다.

사람은 할 일이 있어야 생기가 돌고 자신감, 자존감이 살아난다.

도를 닦는 분들이야 그분들의 삶이 있겠지만, 일상인들은 일을 하고 여러 분야의 사람들을 만나면서 성장을 하는 것이기에 할 일을 만들어야 한다. 베드로 사도도 어부 일을 하셨고, 성모님도 일을 하셨다.

성 베네딕토는 '기도하라, 그리고 일하라(Qra etlabora)'라고 수도 생활의 기본을 강조하셨다.
노동하지 않는 사람들은 심리적 근육에 등창이 걸린다. 심지어 망상에 빠지기도 한다.

사람은 살아있는 동안에는 움직여야 한다.

움직이지 않는 순간부터 정신적, 육체적 문제가 발생하기 때문이다. 수도원의 할머니 수녀님들은 무슨 일이든 고물고물하신다. 그래서 치매에 걸린 분들이 극히 드물다고 한다.

정 할 일이 없을 때는 상동운동이라도 해야 한다.

무의미한 행동의 되풀이를 상동운동이라고 한다. 이것은 정신분열증 환자에게서 나타나는 현상인데, 단순한 운동과 행위를 반복

함으로써 안정감을 얻고자 하는 것이다. 그러나 이것은 일반 사람들에게서도 흔히 볼 수 있다. 공부할 때 몸을 흔들거나, 불안할 때 같은 장소를 왔다 갔다 하는 행위 등이 그것이다.

이렇게 해서라도 마음이 고인 물처럼 되는 것을 막아야 한다.

순천 본당 레지오에 새로 들어오신 자매님

묵주기도 중 영광송을
'영광이 성부와…' 하지 않고 '순천이 성부와…' 하신다.
'자매, 왜 그렇게 한다요?'
묻자,
'내가 영광에서 영세 받았는데
거기서 '영광이' 하니 여기선 '순천이' 하는 것이 맞지 않은가?'
하시더라는 이야기.

멈춤의 시간

인간은 깨어있는 동안 멈춤이 없다.

그러나 인간의 한계가 있기에 멈춤의 시간이 필요하다.

그 시간이 바로 잠자는 시간이다.

인생의 3분의 1은 잠이다. 잠은 유일하게 휴식과 안식을 제공하는 시간이다.

잠은 죽음을 상징하기도 한다. 그래서 노인들은 잠들기가 두려워, 자신도 모르게 수면을 거부한다. 그러나 잠은 분명한 목적이 있다. 잠을 박탈하면 뇌 기능에 혼란이 온다. 잘 자야 건강하게 살 수 있다.

두 번째 멈춤의 방법은 명상이다.

어떤 형태의 명상이든, 대부분은 우리가 보다 높은 자아나 영적인 근원을 체험할 수 있도록 이끌어 준다. 체험이 도대체 어떤 것인지 확실하게 느껴지지 않더라도 걱정할 필요가 없다. 그저 몸과 마음의 긴장을 풀고, 꾸준히 명상을 계속하기만 하면 된다.

오래전 어느 시골의 본당 신부가
신자분의 초대로 미국으로 가게 되었다

그리고 첫날을 호텔에서 보내게 되었는데 문제가 생겼다.

식사를 하고 용건을 봐야 하는데 도무지 화장실 변기가 무언지를 알 수가 없었다.

시골에서 늘 뻥 뚫린 변소에서 용건을 보던 신부가 서양 양변기를 처음 보는지라 도무지 어찌할지 알 수가 없어서 하는 수 없이 신문지를 깔고 거기에 용건을 보고서는 호텔 창문 밖으로 던졌다.

호텔이 고층인데다 창밖이 강물이어서 시골식으로 해결하려고 한 것이다.

그런데 창문을 열고 덩어리를 던졌는데 느닷없이 강풍이 불어닥쳐서 신문덩어리가 다시 방으로 들어오더니 천장에 붙어버렸다.

당황한 신부가 떼어내려 했지만 천장이 높아서 그러지를 못하고 쩔쩔매고 있는데 문이 열리더니 교우 분들이 문안을 온 것이다.

당혹스럽고 무안한 신부가 변명을 하려고 하는데 갑자기 교우 분들과 호텔직원이 무릎을 꿇더니

'신부님 참으로 용하십니다.

어떻게 천장에 붙어서 용건을 보실 수 있으십니까?

참으로 도인이십니다.'

하더란다.

그리고 그 덩어리는 지금도 보물처럼 보관되고 있다는 믿거나

말거나 한 야그.

아침식사들 잘하시길….

인간정신의 결함들

핀트가 맞지 않는 말을 하는 사람들이 있다.

이것은 대상에 대한 인지기능에 왜곡이 생겼다는 것을 의미한다.

이해능력에 문제가 있고 그에 따른 현실적 판단능력에 문제가 있다는 것이다.

판단착오는 현실적 대처 능력의 문제점과 일치한다.

핀트가 맞지 않게 대상을 바라본다는 것은 인간관계와 정서교류의 한계를 드러내는 것이다. 이런 사람들은 대체로 불안과 두려움이 많은 사람들이다. 각자의 핵심 역동에 따라 그 원인은 조금씩 다르겠지만 극도의 불안감, 공포심, 두려움이 많은 사람은 사물을 느낄 때 자동적으로 자기식대로 느낀다. 객관적 상황에 근거하여 대상을 느끼는 것이 아니라 매우 주관적이고 자기 역동에 근거하여 대상을 느끼기 때문에 사물에 대한 정확한 지각능력이 떨어진다. 그래서 전혀 핀트가 맞지 않은 망상을 하게 되는 것이다. 이들은 불필요한 망상으로 자신도 괴롭히지만 상대방은 더욱 더 불편하게 만든다. 결과적으로 핀트를 맞추지 못하는 정서적 교류는 삶을 비생산적으로 살게 만들고 인간관계에 문제점을 야기시킨다.

사람은 누구나 열등감을 가지고 산다. 외모, 학벌, 기타 등등. 열등감은 힘든 감정으로 남아서 우리를 괴롭히기에, 그 본질을 잘 들여다볼 필요가 있다. 열등감 중에 악성은 그 뿌리가 오래된 것들이다.

어린 시절 생긴 열등감, 상처와 더불어 마음 안에 자리 잡은 악성 암 덩어리. 어린 시절 불우한 가정에서 자라서 행복한 기억이 별로 없는 이들이 이런 악성 열등감에 시달리면서 살아간다. 그런데 간혹 이것이 큰 열등감이 되는 경우가 있다. 악성 열등감이 더 커지는 이유는 무엇인가? 자기혐오, 자기모멸감을 가질 경우 악성 열등감은 마치 꺼져가는 불씨에 휘발유를 부은 것처럼 감당하기 어려울 만큼 커진다.

이런 악성열등감이 커지지 않게 하려면 어떻게 해야 하는가를 대니엘 카너먼이 말해준다. 대니엘 카너먼(Daniel kahneman)은 하루 16시간은 3초짜리 순간 2만 개가 모인 것이라 했다. 하루란 삶에 참여(Engage)하고, 부정적인 것을 극복하고, 긍정적인 것을 추구하기 위한 2만 번의 기회라고 하였다.

마음만 먹으면 열등감을 해소할 수 있다는 것이다.

보좌신부가 밤길 가다가 강도를 만났다

강도가 '나, 강도야.' 하자,

신부가 '나는 신부다.' 하였다.

그러자 강도 '신부면 다냐. 돈 내놔.'

신부가 무릎을 꿇고,

'야야, 나 돈 다 털리고 들어가면 주임신부님께 직사하게 혼나.

봐줘라.'

그러자 강도가 같이 무릎 꿇더니,

'신부님, 저 좀 봐 주세요. 저 세례명이 바오로입니다.

저 돈 못 벌어가면 마누라한테 쫓겨납니다.'

그래서 하는 수 없이 신부가 강도에게 돈을 주었다는 이야기.

인간관계

조지 카플란(George kaplan) 박사는 사회적 고립이 심한 사람들은 다른 사람들이나 단체와 긴밀하게 유대를 맺고 있는 사람들보다 사망률이 더 높다고 하면서 말할 대상, 터놓을 수 있는 상대, 만나서 반가운 사람이 있는 사람은 건강하다고 했다.

사랑하던 사람의 상실 후 무력감이 계속되고, 무너지지 않고 계속 생활해 나갈 자신감이 없을 때 우울증이 나타난다.

대인성 우울증이 심할 때는 아무도 옆에 없는데 비난하는 소리가 들리고 원인이 없는데 썩는 냄새를 맡는다고 한다.

심리학자 베일런트는,

"행복하고 건강하게 나이 들어갈지를 결정짓는 것은 지적인 뛰

어남이나 계급이 아니라 사회적 인간관계라고 한다. 행복의 조건에 따뜻한 인간관계는 어떤 다른 변수들보다 훨씬 더 이후의 인생을 예견하는데 중요한 지표가 되는데 특히 형제자매간의 우애가 더 큰 영향력을 끼친다고 한다. 65세까지 충만한 삶을 살았던 연구 대상자들 중 93퍼센트는 어린 시절 형제자매들과 친밀한 관계였다."고 한다.

사람이 사람에게 보약인 것이다.

죄수들이 서로 협력해서 죄를 부인하면 가벼운 형량을 받는다. 그런데 서로에게 불리한 증언을 하는 경우가 많다. 그래서 교도소 내에서도 폭행 사건이 발생하는데 이는 죄수들이 생각이 얕아서 발생하는 일이다. 먼저 상대방을 도발하거나 배신을 일삼는 전략이 승리할 것 같지만 가장 높은 승률을 올린 전략은 착한 전략이다. 상대방이 배신할 때까지 배신하지 않고 일단 상대방이 배신하면 그에 대해서는 틀림없이 보복하는 아주 단순한 전략.

다른 사람에게 신뢰를 보내는 것은 먼저 배신하지 않는 것이 현명한 인생 전략이다. 누군가를 등쳐먹거나 배신한 사람은 오래

가지 못한다. 착한 사람들은 성공하지 못한다고 하는데 이는 틀린
말이다.

착하게 사는 사람들은 당장은 손해를 볼지 몰라도 주위 사람들
의 신뢰를 얻는다.
얄팍한 사람들은 단기간의 이득은 얻지만 결국 신뢰를 얻지 못
해서 실패한 인생을 산다.

어떤 부자가 죽어서 천당 문 앞에서 서게 되었다

천당 문 앞에는 두 줄의 사람들이 서 있는데

한 줄에는 많은 사람이,

다른 한 줄에는 부자와 또 다른 부자 단 두 사람뿐이었다.

그런데 사람이 많은 줄은 천당문지기가 얼굴만 보고는 바로 천

당을 들어가게 하는데,

딱 두 사람뿐인 줄은 아무 이야기도 없이 기다리게 하는 것이다.

머리 끝가지 화가 난 부자가 문지기에게 따졌다.

그러자 문지기가,.

'하느님께서 그러시는데 당신이 성당에 나온다 나온다 하면서

안 나오다가

죽기 직전에 신자가 되었으니,

천당에도 세상 모든 사람들 다 들어오고 난 후에

맨 마지막으로 받아주라 하신다.' 전하였다.

그러자 부자는 하늘에 대고 소리를 질렀다.

'무슨 하느님이 그리 속이 좁고 옹졸합니까.

먹고 살기 바빠서 성당에 안 나갔는데 그게 뭐 그리 죄가 된다고

이러십니까.'

그러자 하늘에서 천둥치는 소리처럼 하느님의 말씀이 들려왔다.

'야, 이 고얀놈아!

너 매일 술 처먹고 도박하고 딴짓해도 니 마누라가 기도 열심히 해서 봐주었는데,

감히 나에게 소리를 질러?

넌 천당에 들어올 자격이 없으니 천당문 옆에서 노숙이나 하거라.' 하셨다.

그런데 그 옆의 부자를 보시더니,

'넌 들어오거라.' 하시는 것이다.

그 모습을 본 부자가 다시 화를 내었다.

'저자도 나와 마찬가지로 죽기 직전에 신자가 된 놈인데 저놈은 왜 받아주십니까?'

그러자 하느님께서 이렇게 말씀하셨다

'내 맘이다.'

인생대본

인생대본은 영화와 비슷하다.

부정적 대본: 나는 바람직스럽지 못하다는 감정이 내부에 고착되면 성공을 할 수 없다. 이것으로부터 벗어나려면 새로운 각본을 만들어야 하는데, 새로운 각본에 따라 살려면 거듭되는 노력이 필요하다. 낡은 자신은 죽어야 한다. 낡은 천을 새 옷에 대고 깁는 사람은 없다.

부정적 대본을 없애기 위해 절대적으로 필요한 것이 자존감이다.

자존감이 중요한 이유. 수많은 선택을 내려야 할 때 자기 자신을 믿어야 하는데 믿지 못한다면 어찌 될까. 한치 앞도 볼 수 없는 불안한 정세 안에 사는 사람들은 내가 나를 보호하지 않으면 안 된다. 누가 대신 챙겨주는 것이 아니다. 소중한 것도 옆에 끼고 있듯이, 자존감도 끼고 있어야 한다. 그래야 부정적 인생대본이 바뀌어진다.

부정적 대본은 삶을 경직되게 한다.

'변화에는 변화'라는 말이 시대적 기본 원칙이다. 세상이 변하면 이쪽도 변하게 된다. 세상이 변하는데 이쪽이 고집스럽게 끝까지 변하지 않으려고 하기 때문에 마찰이나 트러블이 생기는 것이다.

격변에 대해서는 '유연한 대응'을 준비하는 것이 원칙이다.

유도와 마찬가지로 유연하게 상대의 변화에 대응하여 이쪽도 변화하고 틈을 보아 상대를 쓰러뜨리고 리드하면 된다. 유연성이 결여된 리더, 부정적 대본을 가진 리더는 격변의 시대에 부적합하며 유해한 존재가 된다.

부정적 대본을 가진 사람들은 경험부족자들이 대부분이다. 세상 밖을 경험하지 못한 사람들은 자신의 세계가 전부라고 생각하는 우물 안 개구리가 되고 만다.

요즘은 그런 우물 안 개구리들을 꼰대라고 부른다.

어느 산중에 기거하는 두 수도자가

길을 가다가 다리가 없는 개울을 만났다.

그런데 개울가에 서서 발을 동동 구르고 있던 처녀가 있었다.

그중 한 수사님이 그 처녀를 업어 건너편에 내려주었다.

개울을 건넌 두 수사님이 다시 갈 길을 재촉하는데

갑자기 한 수사님이 얼굴을 찌푸리며 말한다.

'아니 수사님은 수도자면서 어찌하여 처녀를 업어줄 수가 있습니까?'

그러자 다른 수사가 답하였다.

'수사님 저는 이미 그 처녀를 내려놓았는데 수사님께서는 아직도 업고 계십니까!'

종교마다 비슷한 우화들이 많다.

수용

　편안히 물러나 쉴 수 있기 위해서는 어떤 활동이 완벽하게 끝이 나지 않아도 이를 받아들이고 만족해 할 수 있어야 한다.

　완벽을 고집하는 한 결코 뒤로 물러나 쉴 수 없다. 자신이 노력해서 이루어 놓은 성과에 대해서 다소 불완전하더라도 그것을 그대로 받아들이면서 객관적인 태도로 바라보고 음미하며 찬탄하고 나아가서 축배를 들 수 있어야 한다. 그래야 편히 물러나서 쉴 수 있게 된다.

　이 단계를 충분히 음미하지 못하면 항상 허겁지겁 성공을 위해서만 시간을 보내는 사람이 되며, 마침내 에너지가 고갈되는 위험에 빠질 수가 있다.

크라크슨(1990)은 모두에게 성 프란체스코의 기도문을 음미할
것을 권한다.

"주님, 제가 변경시킬 수 없는 것은
그것을 받아들일 수 있는 평화로운 마음을 주옵시고,
제가 변화시킬 수 있는 일을 위해서는
그것에 도전하는 용기를 주옵시고,
또한 그 둘을 구별할 수 있는 지혜를 내려주옵소서."

미련한 자와 지혜로운 자는 받아들임 여부로 가름난다.

젊은 처녀가 갑작스런 죽음으로

하느님 앞에서 어디로 가야할지 재판을 받게 되었다.

하느님께서 처녀에게 물었다.

'니 죄를 니가 알렸다.'

처녀 왈,

'압니다. 주님.

저는 저의 아름다움 때문에 많은 남자들의 마음을 흔들리게 했고

여자들이 질투에 눈 멀게 한 사람입니다.'

하면서 흐느꼈다.

그 모습을 보시던 하느님

혀를 차시며

'그건 너의 착각이니라.'

그러자 처녀는

'하느님이 노망나셨군요.

여자가 이쁜지도 모르시다니요.'

그러자 하느님께서 급 사과.

'그래 내가 너를 몰라봤구나.'

하시고는 베드로 사도를 부르시어

'이 아이를 재녀당 특실로 보내거라.'

처녀는 재색이 넘치는 여자들이 모이는 곳이라고 생각하고 기분 업.

처녀가 재녀당에 들어가보니

다들 거울을 보며 벙긋거리는 처녀들이 가득했다.

그곳은 재색겸비녀들이 아니라

거울보기 중독자들,

재수 없는 여인들의 방이었던 것이다.

감정의 중요함

우리 교회는 사람의 감정을 등한시하는 경향이 있다.

감정은 세속적인 것이고, 영적인 성장에 도움이 되지 않는다고 생각하는 경향이 오랫동안 교회 분위기를 지배해왔다. 그래서 강의 때 재미있는 얘기를 해주어도 무표정한 반응을 보이는 곳이 적지 않다.

감정은 인간의 가장 근본적인 힘이다.

사람은 기본적인 욕구를 지키기 위해 감정을 갖는다.

우리의 욕구 중 하나가 위협받을 때, 감정적 에너지는 우리에게 신호를 보낸다. 우리 대부분은 긍정적인 감정들을 느끼도록 허용한다. 그것이 좋은 감정이라는 걸 알고 있기 때문이다. 반면 불편한 감정들은 억압하고 감추려 한다. 그러나 두려움, 슬픔, 분노의 감정이 억압되었을 때 흥분, 흥미로움, 호기심의 감정들 역시 반감되거나 사라진다. 또한 심리적 외상경험을 동반한 감정이 차단당하면 정신은 그 경험을 평가하거나 통합할 수가 없다. 감정 에너지가 심리적 충격이 해결되는 걸 막아버릴 때, 정신 그 자체는 기능할 수 있는 능력이 감소된다는 것이다.

사람이 가진 감정 중에 슬픔이란 감정은 참으로 미묘한 것이다.
슬픔은 눈물을 동반하기 마련인데, 슬픔에 대한 동양적인 사고방식은 부정적이다.
여인이 울지 않으면 독하다고 하면서, 남자가 울면 사내자식이 눈물을 보인다고 비아냥거린다. 그런데 이런 관점들은 영성심리의 과정에서 보면 그리 좋은 생각들이 아니다. 슬픔과 눈물은 그렇게 아무 쓸모없는 것으로 매도당할 것이 절대로 아닌, 마음의 건강함을 찾는 데 중요한 기능을 하는 것이기 때문이다. 상처받은 내면아는 어린 시절의 충격으로 인한 슬픔에서 비롯된 해결되지 않은 에너지로 가득 차있다.

우리에게 슬픔이 있는 한 가지 이유는, 과거나 고통스런 사건들을 슬퍼함으로써 치유하고 현재를 위해 우리 에너지를 사용하기 위해서이다. 슬픔에 젖은 눈물은 고통을 덜어주기도 하고, 마음의 잔 찌꺼기 같은 감정들을 씻어 내려주는 정화의 기능을 한다. 과거에 상실한 것들에 대하여 마음껏 슬퍼하고 나면, 우리의 힘을 현재의 생산적인 것에 긍정적으로 사용할 수가 있다는 것이다.

만약 사람이 슬픔도 없고 눈물도 없다면 어떤 일이 생기는가?

고통이나 슬픔과 관련된 모든 감정 에너지들이 얼어붙고, 자기 마음 역시 과거에서 벗어나지를 못한다. 그리고 비정상적인 방법으로 해소하려고 하는 일탈적 행위를 할 수 있다. 건강한 슬픔을 표현하지 못하면, 병적인 행동으로 표출이 된다는 것이다. 이것은 자기인생을 풍요롭게 만들지 못하고, 반대로 황폐하게 만드는 결과를 낳는다.

그런 의미에서 주님께서 산상수훈에서 슬퍼하는 사람은 행복하다 하신 것이다.

베드로 사도와 닭

여름이 되자 베드로 사도가 갑자기 삼계탕이 먹고 싶어졌다.

어떻게 하면 여름 보양식을 먹을까 생각하다가

묘안이 생각나서 의원을 불러서 여차저차 의논을 하였다.

그리고는 자리에 누웠다.

베드로 사도가 몸져누웠다는 이야기를 듣고 주님이 방문하셨다.

베드로 사도는 누워 있다가 벌떡 일어나서 죄송하다는 말을 연

방하였다.

베드로의 상태가 근심이 된 주님이 의원에게 물었다.

'도대체 베드로 병의 원인이 무엇이고 처방은 무엇이오?'

의원이 말하길,

'천당의 닭을 다 처분하면 나을 병입니다.

사도가 닭이 울기 전 세 번이나

주님을 부인한 죄책감이 사라지지 않아서

천당의 닭이 울 때마다 잠을 이루지 못해서 생긴 병이니

천당의 닭들을 다 없애면 고칠 수 있을 것입니다.'

그런데 이번에는 이 말을 전해 들은 닭들이 난리가 났다.

'닭은 원래 새벽에 우는 게 습관인데

우리가 무슨 잘못을 했다고 우리를 삼계탕으로 만들려는 것이요.
이 모든 것은 베드로 사도가 우리를 잡아먹고 싶어서 만든 계책
입니다.'
양쪽의 설전을 들으신 주님께서는
'천당은 모든 일을 합의로 결정하니
베드로와 의원은 닭들과 논의를 하여 합의가 되거든 내게 알려라'
하시고는 슬쩍 자리를 피하셨다.
그래서 지금도 천당에서는 닭들과 베드로 사도가 아직도 설전을
벌이고 있다는 야그.

신 바리사이

마음 비우면 된다.
기도하면 된다.
왜 그리 세상사에 휘둘리냐.
강하게 마음먹으면 된다.

배부른 자들이 하는 소리이고 사람 마음에 무지한 자들이 하는
소리이다.
사람은 강철 로봇이 아니라 연약하기 이를 데 없는 존재이며 결
핍 욕구로 인하여 심리적 영양결핍에 시달리는 사람들이 허다하다.
주님께서는 사람들의 이런 면모를 아셔서 무리한 요구를 하지 않으
셨고 안쓰러운 눈으로 보기만 하셨다.

사람은 자기가 하는 짓이 어떤 것인지 모를 때가 많다. 충동적 욕망에 시달려서 생긴 망상을 현실로 인식해서 불나방처럼 살 때가 있다는 것이다. 이렇게 좌충우돌 허우적거리며 살아가는 사람들에게 때로 종교인들이 가혹한 주문을 한다. 마치 자신은 그런 경지인 듯이.

이들을 일컬어 신 바리사이라 한다.

신비를 추구하는 신부

난 신비한 신부이다.

신자들 앞에서는 트림도 안 한다.

그런데 늘 고요함을 지키려는 나를 두고

성대 수술을 했다고 수군댄단다.

내가 개냐?

신비를 모르는 천박한 것들이다.

난 신비한 신부이다.

강론도 주로 주님의 신비에 대해 한다.

근데 신자들이 내가 강론만 하면 일제히 주보를 본다.

내 얼굴에서 영광을 본 것일까?

눈이 부셔서?

흠! 근데 다들 자다 깬 얼굴들이다.

돼지에게 진주를 준 격일까?

천박한 것들이다.

사람들이 나를 떠나는 이유

사람들이 나를 떠나는 이유가 무엇인가요?

잔소리, 충고 빙자한 잔소리는 지겹다.

자기 자랑, 내내 자기 얘기만 하면 다 도망간다.

자기 자랑이 심한 사람들은 세상이 자기 뜻대로 움직여야 한다고 생각한다. 이 두 부류에 대해 사람들은 그다음부터는 부르지 않는다. 재수 없다 생각해서. 사람들이 내게 오게 하려면,

돈 잘 쓰고

재미있고

해박하고

남의 얘기 잘 들어주면 된다.

그런데 나누는 대화가 즐겁기 위해서는 서로가 공유하는 지식에 바탕을 두면서도 화제가 참신해야 한다. 다시 말해서 사람들이 알고 있는 것과 쉽게 연결되면서도 새로워야 한다는 것이다. 선생이 학생들에게 새로운 지식을 가르쳐 줄 때에도 학생들이 이미 알고 있는 것과 연결해 설명하면 이해가 빠르다.

뉴턴의 만유인력 법칙을 사과가 땅에 떨어지는 현상과 연결해 설명하면 이해가 쉽듯이, 공유되고 있는 '축적된 지식과 정보'가 많을수록 화제는 풍부해지며 대화도 더 재미있어진다. 그래서 나이가 들어갈수록 젊은 세대의 문화를 배워야 하고 대화해야 한다.

그렇지 않으면 자기 생각에 사로잡힌 꼰대가 되고 만다.

똑똑한 신부

난 내가 똑똑하다고 생각한다.
전임자들처럼 돈 낭비하는 멍청한 짓은 안 할 거다.
그래서 신자들이 뭐 하자고 하면 내 경험에 비추어 안 된다고 거
부한다.
근데 왜 신자들은 내가 게을러 빠졌다고 하는 걸까?
천박한 것들이다.

난 똑똑한 신부이다.
그래서 성가대뿐만 아니라 제대 꽃꽂이에도 신경 쓰라고 조언해
준다.
근데 이런 나를 왜 쪼잔 하다 하는 걸까?
사람을 몰라보는 천박한 것들이다.

난 똑똑한 신부이다.
사석에서 신자들끼리 신부 중에 주교님이 될 사람들에 대해 열
띠게 대화한다.
근데 그중 어떤 놈도 날 보고,

'신부님 같은 분이 주교님 되셔야 하는데요.'

라고 빈말조차 하질 않는다.

헛기침했더니 감기 조심하라고 하면서 관심도 안 보인다.

허상

명동 길거리

아침부터 종말론을 외치고 회개를 부르짖는 사람들.

누가 저들을 저렇게 만들었을까.

왜 저들은 성경의 그 대목에만 집착할까.

종교인들의 강론이나 설교는

본인의 콤플렉스와 개인적 경험이 많이 영향 미친다.

정신적으로 문제가 있는 경우

성경해석이 왜곡된다는 것이다.

성경에서 주님은 행복에 대해 말씀하시고

진정한 성공의 길, 진정한 리더의 길을 가르치신다.

그런데 그런 성경을 심판서로

단죄의 근거로 사용하는 이들은 그 마음 안에 어떤 허상이 있는 것일까?

심리학자 애트킨슨은 달성욕구와 실패회피욕구에 대하여 이렇게 말한다.

의욕이 높고 실패를 두려워하지 않는 사람들은 실현이 곤란한 목표를 선택하지 않는다.

실패를 두려워하거나 의욕이 낮은 사람들은 아주 어려운 목표를 실패함으로써 창피를 면하려 한다. 허세를 부리는 사람들은 근본이 허약해서 그런 것이다.

허세 중에서 종교적 허세가 가장 심하다.

삼위일체란 한 분이신 하느님이 세위이시고

세위이신 하느님이 한 분이시라는 알쏭달쏭한 교리.

어찌 되었건 교회에서 가르치는 교리 중에

이 내용이 가장 어려운 것이라서 전해지는 썰렁한 유머들이 많다.

예전에 수도원은 학자들을 많이 보유한 곳이 사회적으로 인정을 받았다.

그런데 갑회와 을회가 가장 학문적으로 유명해서 두 수도원은 은근히 경쟁 상대였다.

그런데 어느 날 교황청에서 교회 최고의 학문 수도원을 뽑는다고 대표학자들을 보내라는 공지.

그런데 갑회와 을회가 다 분위가가 달랐다.

갑회에서는 서로 나가겠다고 해서 시험을 보았고,

을회에서는 서로 안 나가겠다고 핑계를 대는 바람에 엉뚱하게도 주방수사가 나가게 되었다.

드디어 결전의 날이 와서 서로 맞붙게 되었는데, 갑수사가 갑자기 손바닥을 쫘악 내미는 것.

을은 '아이고 이젠 처음부터 졌다.' 하고 얼굴들이 우거지상.

그런데 주방수사는 아주 여유 있게 주먹을 쑥 내미는 것이다.

그러자 갑수사가 몹시 당황하면서 손가락으로 머리를 가리킨다.

이번에도 을수사는 생각하지도 않고 자기 발을 가리켰다.

갑수사는 아예 사색이 되어서 마지막으로 손가락 하나를 내밀었다.

그런데 을수사가 손가락을 셋을 펼치자,

갑수사는 그 앞에 무릎을 꿇더니 '사부'하는 것이다.

두 수도원이 다 난리가 났다.

갑회에서는 이런 이야기가 오고갔단다.

'처음 바다는 끝이 없다' 했더니

저쪽에서는 '지구는 둥글다.' 하고

두 번째는 '그리스도가 인간의 머리와 같은 분'이라 했더니

'주님께서 제자들의 발을 닦아주신 분'이라고 하고

세 번째 '하느님이 유일신'이라 했더니

'삼위일체이신 하느님'이라 답하더라.

'그 어려운 학문을 주방장까지 알다니 놀랍다.'

을 수도원도 난리가 났다.

'아까 그게 뭐여' 하고 묻자

주방수사 왈 자기는 아는 게 감자뿐이라서

저쪽이 '감자전을 부쳐 먹을 줄 아느냐' 하길래

'나는 통감자도 먹는다' 했고

186

자기네는 '감자가 머리만큼 귀하다' 하길래

우리는 '감자를 발로 올라설 만큼 흔하다' 했고

자기네는 '감자를 하루 한 끼를 먹는다'길래, '우린 세 끼 먹는다'

했다.

홍성남 신부

1987년에 사제서품을 받은 뒤, 잠실·명동·마석·학동·상계동·가좌동 성당을 거쳐, 현재 가톨릭영성심리상담소 소장으로 일하고 있다. 나를 더 알고자 가톨릭대학교 상담 심리 대학원에서 영성 상담을 전공하고 가톨릭영성심리 1급을 취득했다. 2011년부터 그루터기영성심리상담센터에서 지도신부를 맡고 있다. 그리고 영성 심리를 통해 심리적으로 불편했던 것들이 풀리는 경험을 했다. 이를 계기로 내적으로 힘들어하는 사람들을 위한 상담은 물론, 강연과 집필, 방송 등을 통해 다양한 사람들과 만나고 있다. KBS 1TV 〈아침마당〉에 출연해 더 많은 대중들과 소통하며 화제를 모으기도 했다. 평화방송(현 가톨릭평화방송) 라디오 〈홍성남 신부의 속풀이 칼럼〉, 평화방송 TV 〈따뜻한 동행〉 등에서 영성 심리 상담을 했고, 평화신문(현 가톨릭평화신문)을 통해 〈아! 어쩌나〉라는 상담 칼럼을 연재했다. 저서로는 《화나면 화내고 힘들 땐 쉬어》, 《아! 어쩌나 - 신앙생활편》, 《아! 어쩌나 - 자존감편》, 《아! 어쩌나 - 영성심리편》, 《풀어야 산다》, 《행복을 위한 탈출》, 《나로 사는 걸 깜빡했어요》 등이 있다.

홍성남의 배꼽잡고 천국가기

초판 1쇄 인쇄 2023년 4월 25일
초판 1쇄 발행 2023년 5월 3일

지은이 홍성남
펴낸이 김재광
펴낸곳 솔과학
편 집 다락방
영 업 최회선
디자인 miro1970@ hanmail.net
등 록 제02-140호 1997년 9월 22일
주 소 서울특별시 마포구 독막로 295번지 302호(염리동 삼부골든타워)
전 화 02)714-8655
팩 스 02)711-4656
E-mail solkwahak@ hanmail.net

ISBN 979-11-92404-44-8 03810